玩偶之城
Toy City

[韩] 李东河 著

许莲花 译

ZHEJIANG UNIVERSITY PRESS
浙江大学出版社

目 录 CONTENTS

第二部　饥饿的灵魂

⟋ **第三部　犹大的时代**

第一部

玩偶之城

一 学艺会

我记得我们全家离开家乡是我念小学四年级时，也就是战后一两年之间的事情。

我之所以能对那段往事记得这么清楚，和学艺会有直接关系。学艺会每年一次，但因为战争的缘故，间断了好几年，直到那午才得以恢复。

当时，学艺会和运动会一样，是学校一年之中最重要的活动，尤其是在农村。家长们对此非常注重。与其说这是学生活动，不如说是面①全体居民的庆典。

早在开幕一个月之前，我们就开始认真排练。我们四年级学生准备的是合唱、讲故事和童话剧。大概还有舞蹈，好像是这么回事。但就算有，也只是那么几个女孩的事。我参加了前面说起的三种节目的排练。

---

① 地方行政区域，市、郡下属的单位，一般由几个里构成。

　　我们最下功夫的是语文书上的童话剧《卖毛驴》。要是我没记错的话，那是第八课。因为卖毛驴父子俩的蠢笨言行，使得排练一再被我们的爆笑搞砸。一直以来严阵以待的孩子们实在是憋不住，才把强忍着的笑声一下子爆发了出来。不仅是扮演父子的两个小孩发出了笑声，连演毛驴的孩子也裹着黄毛毯打着滚地笑起来。在这种情况下，自始至终也不笑的只有班主任一个了。他是个外号"春米郎"的瘦高个。他背身向窗，一言不发，直到这阵狂笑的台风过境为止。他的背影在那个瞬间仿佛树一般高大挺拔。我们逐个地止住了笑，转而望向他的背影，目光又越过他的肩，看着被遗忘了的那夏日里绚烂的蓝天碧野。心里仿佛有种被小虫啮咬般的酥痒。

　　肆意忘形的大笑之后，总有莫名的孤寂萦绕在我们的心间。刚刚还狂笑不止的孩子们突然都成了哑巴，一声不吱。有的迷醉于窗外的夏日风光，有的却还惦记着自己那点没完没了的小秘密，一心想让这可笑的事赶快过去。

　　"你们应该让观众发笑，而不是你们自己。"

　　每当这时，班主任好像是一只被托在手心里的春米郎，以极慢的速度转过身，这样对我们说。他那两条细长的胳膊，比任何时候都更无力地晃悠在他的身侧。

　　"想笑就笑，想哭就哭，终将一事无成，尤其当你想让他人哭笑的时候。切记,你不能先哭、先笑。这是愚蠢、出洋相!来,让我们从头再来。这次,谁再笑,我就让谁扫厕所,扫到学艺会结束……"

直到这时,孩子们才赶紧收起心来。扮演毛驴的孩子披上毛毯,蠢笨的父子俩抓住毛驴的缰绳。我和另外两个一起扮演老人的孩子叼着烟袋,捋着胡须,等他们走近。这真是又尴尬又奇怪的人生游戏。

跟童话剧的排练相比,合唱就容易多了。而且"春米郎"老师能拉一手好风琴。和他细长的胳膊腿比起来,手风琴就显得又旧又小。可那声音却是无与伦比的美妙动听。曲子是《杜鹃华尔兹》。二十多名孩子分成三组,组成和音。老师细长的胳膊紧搂着手风琴,那十根不比胳膊短多少的手指头在琴键上卖力地敲打,简直和春米郎一模一样!但我们却没有人笑。笑?我们可没那个闲工夫,我们一门心思扑在了唱歌上,到后来都要喘不上气了。这么一来,我们的和音里会突然冒出一两声怪调。也只在这种情况下,和音里才会掺杂着几声轻笑。不过,"春米郎"老师并不会就这么停下来,反倒更起劲地敲打着琴键。

到了这个时候,校园里基本上就空了。在边上生长着成排银杏树的泉水和只有我们这么高的一溜侧柏背后的天空,正被晚霞渲染上沉暮的红。校园里只有几位高年级学生还在听我们的歌声,偶尔有几只不知名的鸟掠过天空,飞向晚霞。万籁俱寂,天地间只有我们的歌声在回荡。

合唱结束后,其他孩子都可以回家了,只留下几个值日生闹哄哄地打扫场地。但我每次都是例外,因为我还要练习讲故事。

讲故事和其他两种节目又不一样,是件极其无聊的事。教室里空荡荡的。我占了把无家可归的椅子,再一次以背诵开始这一天的练习。翻到国文书那已经让我翻旧了的一页,墨绿色的海浪就在我眼前荡漾。这是一篇关于一位心地善良的老渔夫和他贪得无厌的老婆还有一条奇怪的金鱼的故事,所以题目就叫作《金鱼》。

"从前,海边住着一对老爷爷和老奶奶。同往常一样,老爷爷今天也出海打鱼他向澄澈如镜的海面撒出网去,小心翼翼地收网……"真是太过耳熟能详的故事。这篇课文,我简直能倒背如流。可就算这样,班主任还是让我每次都背上三四遍,以此作为每次练习的序曲。这就是导致我对讲故事感到厌烦的原因。而且,他还不允许我低声背诵。

"你在干什么?谁让你念经的?坐在后面的观众一会儿要来给你香火钱了。"

一旦我的声音低了,班主任就会责怪下来。说得也是,在我们那个年代哪有麦克风啊,学校打通三四个挨着的教室当作学艺会会场。为了让坐在最后排的观众也听得清,首先要有个大嗓门。我使劲抬高嗓门,把那该死的"从前,在海边……"周而复始地高喊。搞得我就算是在梦里也能滚瓜烂熟地背出来。

"真不错。从现在开始,带上动作一起练。"

"舂米郎"脱了上衣,只穿着一件背心,一边往脖子上围着毛巾,一边给我"布置作业"。他要去泉水边冲一冲,好洗去一天的疲劳。他甩着细胳膊细腿,晃晃悠悠地出了教务室。当然,临走时,他还不忘嘱咐:

"千万别忘记你面前有好几百名观众在看着!"

可是,我眼前就那么几个空椅子,但我又不能就这么和班主任说。我懊恼地盯着我那唯一的观众慢慢地向生长着银杏树的泉水边走去,又无精打采地练习起来。我张开双臂,念着:"从前,海边住着一对老爷爷和老奶奶……同往常一样,老爷爷今天也出海打鱼。他向澄澈如镜的海面撒出网去……(动作)"

夜色中的校园空荡荡的,能够看到一只"舂米郎"起劲地用笆斗舀水,我不禁扑哧笑了。"老爷爷,老爷爷,求求您把我放回海里吧!我不会忘了您的大恩大德……"

二　雀斑与红斑

　　"春米郎"老师递给我一个黄色四角信封,我稀里糊涂地接过信封,这完全是突如其来的。

　　教务室里,除了班主任之外,还有几位老师。其中一两位老师搓着手上白色的粉笔灰,还频频地回头看着我。我莫名其妙地红了脸。班主任突然伸出手,同我握了握,说:

　　"去那儿也要好好学习,记着给我来信……"

　　如今想来,那是我最后一次面对多愁善感的班主任。从那以后,我再也没有见过他。拿着信封,出了教务室,我突然觉得鼻子酸酸的。狭长的走廊里,满是嬉闹的孩子们。下课后,孩子们纷纷地从教室里涌出来。他们中,也有和我同年级的孩子,都是些在同一个教室、看同一张黑板、一块学习的再熟悉不过的面孔。这世界上没有比他们更亲近的人了。谁鼻梁上长了雀斑,谁蓬乱的头发下藏着癣,谁手上生着瘊子,我都一清二楚。

走廊非常滑,打过蜡,再用干抹布擦出来的木板就如同四月初八①抹了山茶花油的母亲的头发一样油光发亮。我慢慢地在地板上打滑。其实,这是不允许的行为。室内要保持绝对的肃静!踮起脚尖走路的孩子们投来责备的目光。但是,我不在乎。我在走廊里打滑,一直到走廊的尽头,又折回来继续滑着。虽然我的行为理应受到谴责,可谁也没有站出来说一句不该。走廊很快又空荡荡的了,只剩下一个腋下夹着黄信封的四年级学生,孤零零地站在那里。

我突然觉得泄气,失去了打滑的兴致。我左顾右盼,却没有发现一个人。小小的心中有种不明的东西在失控地坍塌着。直到这时,我才恍然大悟,我其实是在期盼着有人来干涉我。不管这人是和我同龄的四年级学生,又或是高年级学生,都无所谓。那么我就会告诉他们:"我啊,要跟你们再见啦!问我为什么啊?我要转学啦!转到城里的学校去……"

除此之外,我还能说些什么呢?也许我连这些都说不出来。对于我来说,转学到城里的学校,离开我所熟悉的学校和同学以及我所熟悉的世界,是让我不能理解,也无法承受的巨变。

我开始踮起脚走着。虽然我尽可能走得慢一点,但还是

---

① 即佛诞日。

很快就走到了尽头。说不上可惜,但多少有些失落。外面阳
光明媚,有几个孩子在操场上撒欢。我没跟他们打招呼,连
看都没看一眼,就直接出了校门。

　　第二天,我们全家就离开了村子。我和那些家当一起坐
在卡车上,心情很好。不管怎么说,在过去的几年里,父亲一
直是村里的里^①长,母亲在村子里还有不少亲戚,可是真正到
村口与我们挥手道别的却没有几个人。母亲伤心得用裙角
偷偷地拭了拭眼泪,她搂着膝盖埋着脸,跟我一起坐在家当
堆里。我从来没觉得她的身影那么弱小。我不能肆意地流
露出我的快活,就是为了这样的母亲。

　　当然,我多少能够理解母亲的心情。我还记得有一天晚
上,一帮人突然闯进了我们家里。难以置信的是,带他们来
的居然是我们熟悉的巡警。他跟我父亲有交情,是个在面所
在地支署工作的巡警。他突然领来一群陌生而又气势汹汹
的家伙,这让我们大吃一惊。一想起他们对我父亲粗暴野蛮
的行径,我就心痛。他们将家里翻了个底朝天,然后悻悻而
去。他们最终也没找到叔叔。母亲一定是想到那天晚上的
事情,伤心地流泪了。

　　父亲却淡然些。在向村里的长辈道别时,他也不忘保持

———————————

① 韩国最小的地方行政单位。

平时温和的笑容。在村子里居住时,父亲的笑声以爽朗著称。要是他在村里的厢房聚会上笑开的时候,路过的人在墙外都能一下子猜出是他。

父亲坐到副驾驶的位置上后,车子发动了。很快,村里的茅草屋和繁茂的柿子树渐渐远去,一会儿就藏到山后去了。我随着车子晃起身来,哼着小曲,大概是当时流行的一首战时歌曲。我突然又想起了学艺会。学艺会,我们倾注了无数心血的学艺会。我们将四个教室里的墙打通作为演出场地,而且我们表演的合唱、讲故事和童话剧赢得了满场面民的如雷掌声。我激动地想起了讲故事结束时的叫好声,对,就是这么喊的:

"面长的料!面长的料!"

带着应有的官威坐在舞台前贵宾席上的面长,看样子也很认同这一点,含笑额首。

国道两旁,有两排法国梧桐。卡车载着未来的面长,穿过绿荫,突突地向着未知的世界驶进。我的嗓子很快就干哑了。

三 玩偶之城

至于我头一次见到城市的印象,我就慢慢道来吧! 一到城里,我最先要找的就是水。

路程比我想的要短。离开村子才两三个小时,我们就到了城里。

单从这一件事来讲,我就有些失望。因为一直以来,我想象的城市不是这么近的。我以为,城市应该在更加遥远的地方。我觉得为了抵达目的地,就要搭乘快速列车,在铁轨上风驰电掣般呼啸而过,就这样起码也得跑上个一天一夜。可是,我们坐的却是"突突"卡车,才走了两三个小时……距离如此之近,对于我来说,也成了一种缺憾。

那帮小子们现在也还在教室里吧。我们的四年级教室坐北朝南,能看到窗外一排排士兵般的冬青树,还有温暖的阳光,"春米郎"老师低沉而温和的声音隐隐地传出来。只有我的座位是空的吧,靠窗第二排第六个座位……也许有人正在看我留下的印痕和涂鸦吧！说不定,他们还会有那么一丁点羡慕转学到城里的我吧。不过我想,只要他们愿意,他们也能和我一样转学到城里。城市比我们想象的要近得多。一想到这,我就觉得伤自尊。

父亲没给我水,而是给了我一块钱。那是张像枫叶一样又小又红的纸币。我随即跑到大街上,那里有推着三轮车,用比鱼缸大些的玻璃缸卖水的商贩。水里有各种水果块和冰块。

我攥着的钱正好够买一杯水。玻璃杯里的水呈橘红色。玻璃杯传来的冰凉,惹得我更加口渴。但是,我没喝。与其说口渴,不如说城市和城市生活带给我的兴奋和新奇让我紧张焦躁。我小心翼翼地捧着玻璃杯,转身走开。刚走了两三步,我的愚蠢行为马上遭到了制止:

"喂,小孩,你上哪儿?"

卖水的这么问了我一句。我立即红了脸,料想自己一定犯了错误。

我没应声,于是卖水的又说道:

"杯子就放在这。你是乡下来的吧? 是吧?"

我一口气喝完了那杯水。我觉得有些喘不过气来。我鼻子发酸、胸发闷。可我不能在那儿磨蹭。我把杯子塞给卖水的,气喘吁吁地跑回家人身边。

胡同里满是我们家那些居家过日子的东西：总是摆放在我们乡下房子里屋炕梢的旧式衣柜，放在厢房隔板上的小木箱、木头米箱、葫芦，还有大大小小的陶器。这些东西胡乱地放在密密麻麻都是木板房的胡同里，让人觉得怪怪的。它们的样子和颜色跟往常在家里有点不同了。几位陌生人，大概是邻居，在帮我的父母忙活着。

我倚着木板墙，缩着脖子。我想回味水的味道，却怎么也想不起来了。我头昏胸闷，还有些恶心，眼前的所有景象都在打晃。"搬家了。"我茫然地嘟囔道。是啊，搬到城里来了！我长吁一口气，打量起四周。挤挤攘攘的木板房、满是压平的罐头盒和油毡纸铺盖的低矮的房顶、像要彼此蹭着脸地伸向道边的屋檐、又窄又暗又泥泞的众多胡同、满是煤核和煤灰的小道、操着天南地北口音和乱搭着衣服穿的居民们，还有脸和手脚都被晒黑的孩子们……我总觉得头晕，终于吐了。那一杯橘红色的水又让我尽数地吐了出来。

大概地归拢了家当，我们全家早早地吃了晚饭。不，应该说是误了点的午饭。总之，这是我们全家在城里吃的第一顿饭。

不知怎么搞的，饭也是黄黄的，像用橘子水煮的。父亲说也许是因为水质不好。从水泵井打来的水，恶臭扑鼻。

"臭水沟里安着不到一尺深的水泵，水又能好喝到哪去……"

母亲连拿勺子的心思都没有,小声嘟囔道。

"这简直就跟喝泼掉了的洗碗水一样。"

但是,我却非常饿。况且,不管怎么说,这可是大米饭。全家人中,我是第一个拿起饭勺的。我小心翼翼地嚼着饭,就像是我生平第一次吃东西。我的舌尖尝出了一丝甜味,像铁的味道,不,是铁锈的味道。我又舀了一勺饭。心里又是像刚才喝了橘红色水一样,肚子里一阵翻腾。

总之,这是让人身心俱疲的一天。我们全家人连煤油灯也不想点,就早早地铺了被褥,躺下了。我们全家居住的空间只不过是一间小屋。不仅仅是地板,连墙壁、天棚都是用木板闱成的。与其说这是房间,不如说是一个大大的木箱子。放置完箱箱柜柜后,全家四口人就连腿也不能伸直。于是,我只好在摆在炕梢的衣柜上另铺了褥子睡"阁楼觉"。

也许都累了,一家人很快就睡熟了。但是,我一直到半夜都睡不着。我就像悬浮在半空中,没有安全感,肠胃也在不停地翻腾。隔壁房间一直到深夜都传来陌生人的声音。闹得我一直辗转反侧,五斗橱就跟着嘎吱嘎吱地叫。后来,我似乎骤然之间坠入睡眠的悬崖。更古怪的是,就在那么短短的一瞬,我被自己忽然涌出来的想法逗笑了:也许,我们错误地来到了一座玩偶之城。

四 为万人存在的最小空间

我起了三次夜。我闹肚子。

厕所在村外,这是木板村村民们的公厕。该公厕也是由木板制成,但不知为什么,全涂上了黑黑的沥青。那感觉,就像在深夜里去上坟一样让人毛骨悚然。第一次起夜,是父亲陪我去的。因为当时我连厕所在哪儿也不知道,所以父亲不得不陪我去。反正我可以放心地拉撒了。"大概是水质的关系。"父亲这样自言自语地嘟囔着,一直在又脏又臭的厕所外面等着我。父亲点燃的烟火,让我很是安心。

但是,第二次,我就得自己去了。想起来,我就打怵。为了能不去厕所,我使出了浑身解数。我捂着小肚子,一个劲地磨蹭,母亲把火柴和蜡烛给了我。我实在挺不住了,便意战胜了我的恐惧。我皱着一张生不如死的脸出了门。

月色皎洁。一弯半月挂在城市的夜空中,向玩偶木板村的房顶投下淡青色的月光。这就如同演员还未登场的舞台那样鲜明。低矮的屋檐下偶尔传来一些熟睡人的鼾声。

许多条狭长的胡同就像迷宫一般。我摸索着行走,好不容易找到厕所时,手心里全是湿黏黏的冷汗。刚才还那么急的便意像让大水冲走了一样的一干二净。我点了蜡烛,蹲在那里,半天也没有感觉。肚子好像演戏似的,再也没有刚才的翻江倒海。我只是腿窝酸麻。烛光摇动,映出我巨人般的影子也摇摆不定。破旧的木板厕所偶尔吱扭扭地响。那声音让人很不舒服,引得我一阵胡思乱想。我想起曾经听过的鸡蛋鬼的故事。据说鸡蛋鬼没眼睛、没鼻子、没耳朵,脸上只有一张嘴巴……我记得非常清楚,我到昨天还去上的那所乡下学校的厕所发生过那么一次骚动。在一个冬雨绵绵的日子,有个女孩突然惊声尖叫,我们班的几个男孩也说自己的确见到了鸡蛋鬼。那天的恐惧,让我更觉得腿上发麻。

我气喘吁吁地刚跑回家重新躺下,就马上又有了便意。那感觉简直糟糕透了。我开始埋怨水,埋怨这座城市。但这也无济于事。如果说让母亲抽打我的小腿来抵消起夜,那我是一百个愿意。我还是磨磨蹭蹭地出了门。

我第三次跑厕所。这一两个小时就去了三趟厕所,也许正因为如此,我的恐惧感减轻了。我倒认为按着这个态势发展,这臭气熏天的厕所是这个城市里最先与我结下深厚缘分的。虽然我带了蜡烛,但却没有点。边这么想着,我就不慌不忙地解起手来。厕所的木门没了块板子，我可以清清楚楚地看见沐浴在月光下的外面的情景。

这时突然闯进来一个人，一刹那的惊吓远甚于真正的鸡蛋鬼出现，我几乎失声尖叫。

闯进来的是个女人。她穿着的衬裙吓到了我，而且她的披头散发又让我一阵心悸。我怀疑这个女人是不是疯了，不安沉甸甸地压抑着我的心。但是，我马上就明白我的想法是错的。对于起夜的人来说穿成这样也很正常。也许这个女人也是最近才搬到城里来的；也许和我一样，也是水土不服闹肚子吧；也许和我一样，得上三次厕所吧。

偏偏她选了差不多在我对面的蹲位。然后划了火柴，点亮了蜡烛。怎么跟我一个动作？我忍不住嘿嘿笑了。她把蜡烛放到一角，然后慢慢地蹲下来。这完全大出所料，我突然红了脸，低头盯着地面。不同于恐惧的异样的情感挤压着我的心，这绝不是我本意，是她自己不小心。但我还是像干坏事的孩子一样害怕得很，几乎喘不过气来，我觉得自己快要憋死了，像个死人似的蹲伏着。

又过了一阵子，我渐渐地平静了下来。但我仍然害怕，我担心这个女人如果发现我，将不知会发生什么。我会挨巴掌，也说不定。就算我解释这并非我本意，她又能相信吗？也许她会不折不扣地问下去，质问我为什么一声不响地偷偷地躲在那里。我就会说我什么都没有看见,我一直闭着眼睛。那么她又会说什么呢?也许她会怒不可遏,发火说是我的错。她会骂我乳臭未干、品质恶劣、没出息……我又有了别的想法。凭什么只说我,难道是我一个人的错吗?其实真正受到惊吓的人是我。是你冒冒失失闯了进来。我没有任何错误。于是,我又慢慢地把头抬了起来。我的好奇心找到了正当的理由,让我扬起了脖子。

女人依然敞着厕所门,正准备拿起蜡烛。我又开始害怕起来。直到她拿着蜡烛从我的视线中消失。我一直屏住呼吸。出乎意料的是,烛光照着的是一张十分年轻的脸,看起来只有十几岁。

虽然迟了,我还是在第二天早晨感到羞耻。母亲上完公厕回来,红着脸说:

"这里怎么这样?虽说是公厕,可毕竟也得男女有别吧?况且,这么多人上一个厕所,怎么能够用的?还要排长队等那么长的时间,这哪是人过的生活,真是的!"

后来才知道,除了这一个,附近还有几个厕所。但是在早晨最忙的时候,哪里都一样。每天早晨,随处都能看到排成一溜、拿着手纸、表情古怪的男女老少。

"这里啊,不仅挣钱吃饭不容易,连上厕所也难。我们有什么办法?我们也和他们一样顾不上丢人现眼,自曝其丑吧!"

父亲这么说着,呵呵笑起来。

母亲又一次红了脸。我这才对昨夜的事感到了羞耻。

五 菜板书桌

等肠胃好了以后，父亲和我一起来到学校。这是我们搬家三四天后的事情。学校在城市的西边，因此被命名为西部小学。虽说我紧赶慢赶，可还是走了大半个钟头。

学校建筑和操场坐落在杂草丛生的野山坡上。校舍是木头建的平房，让我想起了我们的木板村。据说这是临时校舍，学校在城里的原址屯驻了美军。

同木板村一样，教室的地板、墙壁、天棚也都是木头的。房顶是用油毡纸铺的。教室就如同长方形的大柜子。有的教室只有四面墙是好的，既没有天棚，也没有地板。外面罩着军用帐篷。

我把"春米郎"老师给我的黄色四角信封交给学校，就办完了转学手续。父亲在好像野战军指挥室的教务室前转身回家，我则跟老师进了教室。

"你是四年十四班的。"

老师这么说的时候，我差点被这个数字砸晕了。我念书的乡下学校，全校总共只有六个班，因为每个年级只有一个班，这是理所当然的。所以，我一直以为所有的小学都是这样的。

但更让我吃惊的是在我进入教室之后。从讲台前面到教室后墙，学生就像生豆芽似的密密麻麻的一大片。最后一排学生的背就贴在墙上，没有一点空隙。后来我才知道，学生人数远远超过了一百人。教室严重不足，而学生却不受控制地在不断增加。不得已，两个班在一个教室同时上课。老师也是两位。上课和下课时间不一样，但上课却在一起。一位老师在讲台高声讲课时，另一位老师就拿着木条，走来走去。

另外还有很多让我既吃惊又好奇的东西。比方说菜板书桌。书桌的形状就像长长的菜板。凳子是根本就没有的。孩子们就一个挤着一个地坐在地板上，四个人共享一张书桌，摆上四本教科书和四个本子后，就算书桌再长一截，连一个放铅笔盒的地儿也没有了。我恍然大悟，原来这就是城里的避难学校。我为之惊异。

上了四节课之后我们下课了。孩子们纷纷拥到了外面，秩序非常混乱。虽说两位老师拿着木条，又喊又叫，毫不留情地挥动木条，但秩序丝毫不见好转。我们就像突然发现了出口的困兽，蜂拥而出。

不过我算是最后离开教室的几个。我不想挤在里面,但关键是,由于盘腿坐的时间久了,我腿窝酸麻。等同学们差不多离开以后,我才慢慢地离开了教室。而后,我穿过树根裸露的操场,走在正午的阳光下。

校门不过是个摆设。在两个石堆形成的校门的一侧,挂着学校的牌子。

我被一帮小子们殴打,是在刚刚经过那里之后。

毋庸置疑,这帮家伙早就瞄上了我。他们总共有四个人,应该不是同年级学生,因为他们长得又高又大。我轻而易举地就被拽到杂木丛里挨揍,却没有丝毫反抗。直到我的鼻子流血,他们才住了手。其中一个家伙说:

"你不是本地人吧?也不是难民吧?所以我们给你一点教训。你要记住,你是啥也不是的农村土老帽!"

这个家伙一边说,一边不轻不重地拍了拍我的肩膀。我只好无奈地点了点头。我舔去流到嘴唇上的鼻血,抿紧嘴唇,又呜咽着连连点头。

我把世上的人分成三类,也是从那天以后。虽然代价惨重,是我用昂贵的自尊换来的,但这次的经历还是让我懂得了一个道理。的确,我们的城里生活着三类人:一类是本地人;一类是战争难民;另一类是同我们一样,出于某些说不得的原因而离乡背井的人……

六 京城人，"大元葱"

太吉是我在城里结交的第一个朋友。据说他原来生活在首尔，因此应该归于难民这一类。

孩子们经常会用这样的话来取笑他：

> 京城人，"大元葱"，
> 美味的大鲸鱼，
> 跨过了汉江桥。
> 来这里做什么？
> 是不是想来吃，
> 大鲸鱼大元葱？

孩子们重复这些的时候，有时像口号，有时又像童谣。于是太吉就被惹恼了，东跑西跑地追赶这些孩子。可没有一个孩子是那么轻易就能追得到的。胡同就像一个个迷宫。

有的是藏身的地方,就算被抓了,也不成问题。实际上,真的
有孩子在适当的时候,故意让太吉抓住。这就是在行人稀少
的胡同或者觉得游戏本身无趣的时候。而这时候,太吉则突
然觉得泄气,一走了之,和刚才拼命追赶的时候截然相反。
他只是握紧双拳,大口喘气,怒目而视。

　　他很清楚。他知道同这些顽劣的家伙们硬顶,不会有好
结果。这不光因为他是一个人,更在于他先天体质虚弱。太
吉只长了傻大个,身体却很瘦弱。每当看到他追赶这些孩子
的时候,我就替他担心。我担心他的腰会不会像风干了的高
粱秆一样折断。就在这时,我会想起我们的"舂米郎"老师。
从体形来看,他简直就是个小"舂米郎"。

　　太吉和他有些古怪的母亲就住在我家附近。他们家原
来就是两口人,还是在逃难路上同家人走失,这我就不清楚
了。因为太吉几乎从来没提过这件事。

　　我们觉得太吉的母亲有些古怪,是有我们的理由的。首
先是她的外表。四十出头的女人,打扮得总是那么干净利
索。太吉的母亲整天待在家里,几乎从不出门,但她的打扮
总是像个要出门的人。她对化妆也非常上心。抓起的圆髻
抹了蓖麻油,精致的妆容上还有对初升的弯月。对了,还有
整洁一新的胶皮鞋和袜套。与清一色身着日本式肥腿裤、头
顶毛巾的妇女们的打扮相比,她的确有不一样的地方。我还

记得父亲曾经说过,她也许是妓女出身吧!

"太吉这孩子不知道是哪个家伙的……"

太吉家不时有客人出入,都是些五十多岁不怎么精神的男人。有结伴而来的,也有单独来的。这时候,太吉除去给买酒买烟以外,就站在胡同口消磨时间。如果有人问他客人是谁,他就会说是首尔人。但不知道是生活在首尔时就认识的人,还是来到这里之后才认识的人。这些人喝酒、玩画图①,待上个半天,就会离开,这也是让人觉得太吉母亲古怪的理由之一。

但是,最让我们觉得她古怪的理由还在于她对待太吉的态度。我们这帮小子几乎没有不挨揍长大的,经常挨父母的揍,或者挨哥哥姐姐的揍。大家都认为,这是保护孩子的唯一手段。挨揍了的孩子的哭声几乎天天都从胡同里传出来。

但是太吉的情况太严重了,他几乎每天都要挨揍。对他来说,这是家常便饭。邻居们正猜测太吉今天逃过一劫了的时候,太吉的哭声便响亮得像答话似的传出来。甚至有的时候,邻居都在酣睡的深更半夜,也得补上当天的份子。邻居们被惊醒后,往往会嘟囔几句或苦笑一下,打着哈欠把灯熄

① 韩国流行的纸牌游戏。画图共有四十八张纸牌,按一年十二个月份为序,每月四张,上画十二种不同的自然景物。

灭,才又踏实地入睡。

太吉有多机灵,就有多能耍宝。每次挨揍时,他都会发出各种声音,让人发笑。他把哭声、尖叫和告饶极巧妙又有戏剧性地混编在一起,让人觉得他们母子俩好像在玩游戏。有时候,他甚至会光着屁股,晃着小鸡鸡,跑到外面,这时候根本没有人能忍着不笑的。

但是,他的母亲更聪明。儿子不管如何花样翻新,她都不会上当受骗。她不但聪明,也同样冷酷。她从不为儿子夸张的哭嚎所打动。她把和他错误等量的惩罚有条不紊地一一抽打在儿子那瘦弱可怜如舂米郎的下身,才肯罢休。于是,太吉在挨揍时也会逃跑,但往往还是要自己回到家里去。因为挨揍是不可避免的。如果没有足数的话,他一天的安宁就没有指望。我的朋友太吉只得带着无比伤心的认命相,走到母亲跟前挨揍。

错误当然在太吉这一边。太吉除"京城人,大元葱"的外号之外,还有"蒿雀"、"蜉蝣"、"三轮车"、"快快先生"、"水鸟屁股"等,惟妙惟肖地反映了他的狡黠和蔫坏。太吉常常惹事,而不幸的是这些鸡毛蒜皮的事在他母亲眼里通常会成为他挨揍的理由。这真是不幸而且带着悲剧色彩的事。当然,当时我们的生活都是不幸而且带着悲剧色彩的。不能因为这个,就认为太吉的母亲古怪。我们之所以这么想,也不过是一个细节上的问题。

是啊！太吉的母亲为什么一定要脱光儿子的裤子，连条裤衩也不留，才动手揍他呢？如果单单是为了打他，把裤脚挽起来露出小腿也足够了。要是想以此防止小罪人在她制裁结束前逃脱，那无疑是个又蠢又拙劣的办法。我们思来想去，觉得太吉的母亲是个古怪的女人。正因为古怪，所以她才会这样揍人，而正因为她这样揍人，就更显得她古怪。

但是，太吉享有唯一一个让我们眼馋的自由。他逃学也没人管。他那古怪的母亲束缚他所有的自由，但唯独在这一点上，却异常宽容。这对我来说，简直无法理解。但不管怎样，我却十分羡慕他。因为转学第一天，我就遭遇了磨难，所以上学对于我来说，变成了苦差事。一想到山坡上简陋的校舍和人满为患的教室，还有粗野、顽劣、捣蛋的那帮家伙，我就头皮发麻。

太吉是个多么幸福的家伙啊！如果我能拥有他享受的自由，那我什么都愿意放弃——即使我没有父亲，而且只有一位同样古怪的母亲。我一直对他羡慕不已，当我问太吉为什么不去上学时，我的朋友太吉理直气壮地说：

"干吗要上不怎么样的避难学校？我们很快就会回首尔去。"

但是我记得,在我们的邻居中,没有比他们母子俩在那条胡同待得更久的人。因为,当我们全家离开那里时,最热心帮忙拿行李的朋友就是他。

七　二十四窟窿的饼铛

父亲早就说过,在城里不仅生存是个问题,上厕所同样也是个问题。那时候我还能从父亲身上体会到一点轻松,而后来我宁愿在公厕前排队,因为这根本无法和生存的艰辛相提并论。

搬家一个月以来,父亲始终为生计所苦恼,却无计可施。现实生活中,没有比养家糊口更艰难的了。早已是不惑之年的父亲,一直以来所依靠的只有那几亩地。土地是正直的。土地一次也没有背叛过与它同样正直的父亲。但是现在摆在父亲面前的一切却是不可轻易信任的。父亲尽管正直,却也同样无能。

就在我们觉得父亲把家底花得差不多的时候,他带着几样工具回来了。一个是用来烤豆沙饼的,另一个是凉茶缸。凉茶缸,我在街上经常见到,而烤豆沙饼的东西,我还是头一次见到,那是二十四个窟窿横竖整齐排列的铁板。

在城市的生活，一碗凉水也不白给。就在原地翻个身，也理所当然地要付钱。搬家一个月，我们一家碌碌无为，对城市生活最大的感受就是冷酷的秩序。不知一向优柔寡断的父亲出于什么想法，才下了这么大的决心，但这分明是父亲最早也是最后的投资。

父亲看着我们好像对这些东西新奇得很，他就得意地说：

"从明天起，我们就要到大街上去了。我们要用这个烤豆沙饼的家伙哗哗地印钱了。嗯！明白吗？"

没有人想批评父亲单纯的乐观论。我们也满怀期待。虽然没有人敢开口说话，但大家的内心都激动万分，热切盼望那不是烤豆沙饼的饼铛，而是能够一次印刷二十四张纸币的机器。

第二天，我们全家来到道边，违章占据了繁华大道的一角，把成为焦点的饼铛放在苹果箱上，而后点火、和面、拌豆沙馅。当然，失败了好多次。

同土地打惯交道的手是那么不麻利。父亲每次烤豆沙饼失败时，我们都会吃吃地笑，这笑减轻了不少我们的窘迫。

经过多次失败，父亲成功地做成豆沙饼是在快到中午的时候。父亲用多少有些颤抖的手，拿起其中的一个饼时，我们听到了沉闷地回响在城市上空的正午的警报声。

　　我们也同父亲一样,拿起烤豆沙饼仔细地观察。烤豆沙饼的颜色如同刚出壳的小鸡,焦黄焦黄的。母亲当即分析,也许是栀子水放多了。姐姐指着漏到外面的馅,说面稀。

　　"好,下次再加以改进。来,大家尝尝怎么样!"

　　等父亲说完,大家一起拿起烤豆沙饼,吃了起来。谁也不说话,大家都在品味烤豆沙饼的味道,互相看对方的眼色。

　　"味道怎么样?"

　　父亲小心翼翼地问道。但是没有人应声,好像都变成了哑巴。热乎乎、甜滋滋、余味稍微有点……苦。可是该如何评价这个味道呢? 我们头一次品评这种食物。

　　"余味好像有点苦……"

　　还是父亲先开了口,虽说有些为难。

　　"是的,余味有些奇怪的苦味。"

　　母亲接过话茬,我们也谨慎地表示同感。

　　"说不定糖精放多了……"

　　"会不会是苏打放多了? 好像和苏打的味道差不多。"

　　在分析原因时,父母意见不一致,因此话就多了一些。但不管理由如何,味道有点苦是不争的事实,所以大家都有点泄气。

　　对第一个作品的评价既然如此,就很难将其作为商品推出。但不管怎么说,这是头一回经商。火烧得很旺,吃了油的饼铛温度也很合适。另外搅拌的材料足有一大盆。

"不过还可以吃。今天,咱们就烤豆沙饼!"

父亲终于决定了下来。我们马上行动起来,姐姐负责烤豆沙饼,我来巧妙地摆放和售卖。进展比想象的顺利。姐姐一次二十四个,一次二十四个,不停地煎饼。正赶上中午,我的活儿也不轻。我还抽空吃饼,应该说忙得够呛。

父亲在马路对面占了个位置。摆摊的事情挺容易。玻璃缸里有许多果块。母亲打来一桶水倒进缸里,父亲买来一大块冰放进去。万事俱备,只等客人上门。

手闲的时候,我就会望着马路对面。这边是看不见母亲的。那有棵矮矮的垂杨柳,在一坪左右的树荫下停放了三轮车,车上放了一个大大的凉茶缸,又放了几个玻璃杯。而父亲则带着麦秸帽子站在前面。父亲有时候用玻璃杯从橡皮管接凉茶;有时候为了给人找零钱,忙乱地翻遍口袋;有时候,又一边悠闲地抽烟,一边茫然地望着城市的天空;又有时候,似乎在想着问题,就保持着那个姿势打瞌睡……曾经只知道土地的父亲用这样的姿态对待既不正直也不可信的城市。那时的情形,就如同一幅水墨画,牢牢地印在我的心里。

八　晚　餐

那天晚上，我们全家吃了一顿饭。考虑到搬家一个月、经商第一天，这顿晚餐是具有特殊意义的。

晚餐的顺序是这样的：母亲先拿来小饭桌，然后姐姐用抹布擦擦桌子，整齐地按人数摆上筷子，随后放上各自的玻璃杯，把一碗泡菜摆在桌子中间。晚餐准备好了，母亲用围裙蹭了蹭湿手，而后跨过拉门。她的脸看起来有些落寞无依。

母亲例行检查，她眼神静静地看着坐在饭桌前的我们。她在检查我们的衣着是否整齐、手脚是否干净。因为开饭的时间晚了，加上白天的兴奋劲还没有过去，我们都比较邋遢。但是，母亲并没有责怪我们。这是从来没有的事。

父亲终于进来了，手里拎着为今晚准备的食物。母亲接过东西，放到饭桌上，是烤豆沙饼。竹篮里满盛着我们的烤豆沙饼。姐姐接过水壶，将四个玻璃杯填满。那是父亲卖剩的凉茶。几粒果核在壶里晃来晃去。

　　气氛有些异样,有些压抑,有些不自然。但绝不是厌世或者凄凉的那种感觉。全家人都尽力不去看彼此的脸。我们都不说话,看着地面,拿起筷子。

　　"来,大家吃吧! 天也不早了! 晚饭就吃这个对付吧!"

　　父亲说完,似乎在宣布晚饭开始。他拿起一个饼,全部塞进嘴里,然后又端起了玻璃杯,说道:

　　"西洋人每天都以面包作主食,我们吃一两顿,能有什么问题? 如果我们还待在农村,哪有这样的乐趣?"

　　我也拿起饼,像父亲一样一口一个吃了起来。饼放的时间长了,又凉又硬。但我还是大口地吃着,就着凉茶。

　　那个时候,我才明白一个道理:姐姐和我这一整天辛辛苦苦做的,并非父亲所期待的纸币,而只不过是饼。于是我想到,今后在印纸币的事情上,也许还会失败。

　　当我们全家吃了晚饭像火柴棍一样整齐地躺下来时,邻居疲倦的喘息声,透过木板房,清晰地传了过来。

九　野寡妇、女儿、女婿

半夜里,我突然醒了过来。

我愣了好一阵子,我想我分明听到了某种声音。虽然只是一瞬间,但却像刮铁似的刺耳。我怀疑自己是在做梦。

就在这时,又传来又高又尖的声音。那是一个女人尖厉的嗓音。

"大半夜的干什么?还不给我好好睡觉!"

我刚才还似睡非睡,现在才终于辨明了方向。那是从同我们只隔一堵木板墙的一户人家传来的。

醒过来的人不止是我。不单单是我们家,邻居的房间里也传来窸窸窣窣的起床声。父亲嘟嘟囔囔地找了烟叼在嘴里。划火的微光照亮了黑暗。

睡意已经荡然无存。我趴在柜子上,看着父亲抽烟的烟火,侧耳细听。

不知是谁,在低声抽噎着。是竭力压抑着的那种哭泣声,使听着的人有种毛骨悚然的感觉。

"你们有什么仇,被窝里也吵。还这样的话,就干脆分手,分手!"

事态一目了然。尖声叫骂的女人是以泼辣闻名的野寡妇,低声抽噎的分明是她的女儿。还有一点不明白,除了她们母女以外,是否还有别人。因为这第三者一声也不吭。只有野寡妇的骂声和她女儿的抽噎声透过木板墙,陆陆续续地传来。

我想着这两个女人。母亲有着男人般宽阔的肩膀,手脚也特别大。来到这个村子的时候,就是母女二人,现在虽然也没有什么变化,但是总有男人围着她转,所以村里人都叫她野寡妇。而同母亲相比,女儿则温顺多了。首先她体形苗条、多病、爱哭、脸色苍白。听说女儿在一个舞厅上班谋生,每天都踩着宵禁的警报声回家,脚步总是跟跟跄跄。因为她喝得太多。我经常能在子夜时分,透过窗户,看到她酩酊大醉,跟跟跄跄地走回来。总有一些不三不四的家伙尾随她,还吹着流氓哨。每当这个时候,她就挥起瘦得可怜的胳膊给他们一拳。

但不可能每次都这样吧。况且她只是个二十出头的怀春女孩。她不顾母亲极力干涉,不知什么时候起,她从那些不三不四的家伙里挑了一个带回家。他是个小白脸。对他抱有期待的又何止是她,连我这个与他们毫无瓜葛的人也对这个男人抱有很高的期待。我想:"灰姑娘"终于找到了白马王子。

但他却是个无能的王子,他周旋在她们母女中间,混吃混喝。她仍然要深夜穿过木板村胡同,遭受那些不三不四的家伙的调戏,踉踉跄跄走回来,她仍然是那个不幸的"灰姑娘"。从她们的房间里经常会传出吵架的声音。有时是女儿同小白脸,有时是母女之间,而有的时候,是野寡妇同女婿之间的争吵。

野寡妇的辱骂声同女儿的哭声始终没有停下来,但是奶油小生始终没有吱声。也是,他又能说些什么呢?这个不三不四的家伙,即使他嘴大如缸,也无话可说了吧。我很好奇他现在是一副什么模样,也许就像是被赶到门阶上的狗吧!

"妈,我不想活了,我真的不想活了!"

女儿在不停地哭泣。女儿越是这样,野寡妇的嗓门就越高:

"爱活不活,爱死不死。男人是你领回来的,跟我说什么。这家是我的。都给我滚出去,我懒得看你们。我为什么跟你们一起过,还得为你们操心?你们是一起掉进坑里摔死还是没日没夜地干那点破事,我管不着!都给我滚,你们这些死鬼。"

野寡妇的粗言秽语,我无法依样照搬。反正有一点是肯定的,那就是她不依不饶的叫骂声,戳碎了木板村沉重的黑夜。而令人吃惊的是,一直一声不吱像死人似的奶油小生在某一刹那顶了这么一句,我们都听见了。

　　"为什么不跟我做? 为什么? 连做爱都不肯的女人,哪个男人能不修理她!"

　　原来是这么回事。四面传来邻居们的大笑。以"老婆舌"闻名的旧货商老郭故意用大嗓门说,以便让邻居们都能听到,说完他自己又哈哈大笑。

　　"说得在理! 是啊,把做爱也不肯的女人当成自己老婆过日子的爷们真是窝囊废。"

✚ 玩偶之屋

打搅木板村居民睡眠的邻居除了他们以外，还有的是。与我们只隔一条胡同的酒鬼老朱就是其中之一。他那风格奇怪的酒疯，经常扰乱邻居们休息。

同邻居们一样，他也有着许多的家愁。据说，为了能将北面的家人带到南部，他曾多次穿越三八线。但是，他来到木板村时孑然一身，尽管经历过那么多不顾生死的铤而走险。

老朱是个能工巧匠。因此，同其他邻居相比，他的收入还算不错。

但这对他来说，却成了一种不幸。邻居们还在为生计奔波时，他往往凭着自己不错的收入泡在酒馆，直到老板娘钩子一样的手把他兜里的灰都掸了出来，搡着他的肩推他出去。

村里的胡同对于常人来说也显得非常狭窄，更何况是醉醺醺的酒鬼。他松垮地背着装满锯子、角尺和锤子等的工具包，猛地撞上胡同两边的木板墙。每逢这时同他迎面相遇，我都怀着十足的好奇心。他醉得像个硕大的酒袋子，他的身体似乎随时能从某个部位喷涌出一股子酒来。

当然这种事一次也没有。老朱的脸正正当当地蹭上木板墙刮破时，满脸淌的也是血，绝非无色透明的酒。但我却没有为此而失望。相反，我觉得更激动。是啊，现在想来，他的体内始终充满激情。那就是对过往岁月的切肤之痛和对未来岁月的虚妄。

老朱风格怪诞的酒疯就从这里开始。历尽千辛万苦，他终于回到了自己的家，然后把门反锁上。砸锅摔盆的声音传出紧锁的门，是他的酒疯开始发作了。

老朱有个老婆和一个五六岁大的儿子。当然这是在他搬到这个村子以后认识的。据邻居们说，老朱最初出现在村子里是三四年前，有老婆儿子也就是这两年的事。那么，他应该是孩子的继父。

但无论如何，谁都管不住他耍酒疯。有意思的是，他老婆儿子也从不吱声。从反锁的门里，只传来砸锅摔盆的声音。这种声音有时会持续一整夜，这时候无辜的邻居们就别想睡安稳觉了。就连"老婆舌"旧货商老郭也一反常态，大声地招呼其他邻居：

"喂,老金。咱们聊点有意思的事。最近,老外市场①景气不景气?"

这时候,会有人接过话茬,声音穿过木板墙,还会有第三个人从别的房间插话,就这样,独特的深夜恳谈会开始了。

"说什么景气不景气,照这个势头,说不定我就成暴发户了!呵呵……"

"那也不错,虽然你生活在这满村乞丐中间会有点不舒服。呵呵……"

"聊的都是好日子啊!算我一个。等着瞧,虽说世道让我沦落至此,但我人不错。不管怎么说,我也是出身名门。嘻嘻……"

"那屋的老李在做什么?一声不吱,有点不对劲啊!"

这些被搅了好梦的邻居们第二天早晨都会好奇地看老朱家,他们家简直是狼藉一片。除了外墙和地板,几乎没有一样东西是摆在原位的。但令人惊讶的是,他们奇异的一家就坐在这一片狼藉之中和睦地吃早餐。而刚吃完早餐,他们又开始闹动静,这一次是为了重建家园而演奏的强有力的变奏曲。

我们在前面已经提到,老朱是能工巧匠。在重建由他亲

---

① 市场的名字。

手破坏的家园这方面,他的手艺得到了淋漓尽致的发挥。征求老婆意见的声音、推拉刨锯的声音、习惯性地哼着小调的声音,响了一整天。也只有这个时候,邻居们才能够放心大胆地观察他们家。是的,一切都井然有序地进行着。原来是灶间的地方变成了屋子,原来是屋子的地方变成了灶坑。原来在东面的阁楼到了西面,原来在西面的地板到了东面。总之,邻居们都用毫不掩饰的感叹而羡慕的眼神看着与昨天截然不同的新造型在这小小的空间里如何得以实现的情景。也许对于失去一切的老朱来说,他那如同木箱一样的房间是他唯一的宇宙和玩偶。

十一 毛 毯

夏夜漫漫。如同木箱一样的屋子令人躁郁,小胡同里密密匝匝的炭火的热气令人躁郁,泔水的味道令人躁郁,太阳一落山就出来频繁活动的蚊子令人躁郁。说真的,在夏夜,活着本身就是遭罪。

姐姐和我常到大街上去睡。因为那里比别处的通风好。躺到三轮车上,把褪色的军用毛巾掩到脖子上,心情无比舒畅。仰望夜空,此时也显得格外广袤亲切。星辉闪烁,我们的心也柔软了起来。

有时候正睡着,我们就被撵回屋里来了。但大体上,我们的行为是被允许的。有时候,半夜里一觉醒来,会发现天上的星座在我们睡着的时候搬了地方。又一觉醒来,发现星座已倾斜到天那边去了。因此,夏天的夜空在每个瞬间的无常变换都带来惊奇。

除我们以外,还有很多人到大街上睡觉。半夜里醒来,能发现在街上随处都有在如银月色下以地为席的邻居们。子夜时分的大街，就如同地上落满梨花的梨园。有时会看到孩子们在熟睡的母亲身旁嬉闹，也能看到独自坐着抽烟、默想心事的邻居。没有任何事搅扰我们的睡眠，宵禁完全禁止了那些。虽然不时会有过路的车疾驶而过，给熟睡的人们的脸上蒙上一层灰尘，却没有人计较。深夜的街道在人们疲惫的安憩中显得十分宁静。这是又沉闷又可怜的平和。仿佛能够听到露珠像细雨似的沥沥而下。

感觉有些凉，我睁开了眼睛。已经是凌晨了。赶着潮湿的微明从胡同那边无声无息地渐渐走近。

我一下子坐了起来，发现自己光着身子。我叫醒了姐姐，她也什么都没有盖。

"哎，咱们的毛毯呢？"

姐姐环顾四周，声音有些颤抖。我也怯声说道：

"没了，姐姐。不知谁趁咱们睡着的时候，拿走了……"

也许是因为凌晨的寒意，我的声音又细又抖。

"那我们该怎么办？"

姐姐只穿着旧内衣，她开始哭了起来，但那哭声就如同小孩子的娇蛮使横。我木然地望向天空。

十二　洪涝（一）

　　蒸煮一样的酷暑被洪涝打断。小胡同里立即汪洋一片。蚯蚓爬到了屋子里。

　　早晨起来一看，全世界都是湿的。墙是湿的、天棚是湿的、草席地面和锅碗瓢盆也都是湿的。铺了油毡纸的房顶从丁卯生锈的孔洞漏雨。雨滴落在空罐头盒、洗脸盆和尿罐里的声音，就如同松弦的木琴声，让人忧伤。

　　我们通常躺到很晚。我们没有任何要勤快的理由。好天，我们的收入也不怎么样。我们烤的豆沙饼还是有点发苦，但我们始终没有找出原因，因此，销售额始终不尽如人意。但填饱肚子还不是问题，我们早就习惯了晚餐拿饼对付。晚餐？当然不是晚餐的气氛了。最初的晚餐中那种不自然的气氛也没有了。只有面粉、酵母和食用苏打以及糖精混合在一起的那种甜苦的味道，让人反胃。通常，父亲的生意也不怎么样，甚至都不够买冰块。每到晚上，父亲都会把剩下的大半缸凉茶倒进家门口的下水道。这时,一直散发臭味的水就会变成橙色,稀释在其中的香料味道会整晚弥漫在胡同里。父亲不怎么讨厌豆沙饼的苦味,却特别讨厌那种香料的味道。我们的饭桌上再也没有摆上凉茶这东西。

情况本就不堪,雨又一直下个不停。即使推了三轮车到大街上,结果也不言而喻。于是,我们全家人只好整天待在木箱一般的屋子里,用潮乎乎的被褥蒙住头脸,像蚕一样躺下。雨水敲打房顶和木板墙的声音那样清晰。淋湿了整个世界的雨水最终将我们的灵魂也打湿了。我们带着饥饿导致的眩晕和更加清明的意识享受着雨珠滴落满地的声音。

也就在这样的时刻,父亲偶尔哼起小曲。当然,父亲不会扯着嗓门唱。与其说那是唱歌,不如说那是为了排解心中烦郁而哼唱几句。透过粗浊的鼻音,我能够听清的只有几小段。父亲一直在反复哼唱着那单调又缺乏抑扬顿挫的音节,间歇之后再重新来过,长长久久,仿佛在同什么人诉说心事……

但是,我明白。因为他那样茫然哼唱着的曲子也是我熟悉的。是的,父亲在哼唱着插秧歌,就在这座玩偶之城。

十三 洪涝（二）

没有比冒雨上学更让人讨厌的事情了。上学的路又远又泥泞。而且，那里还有许多鬼家伙占据着每一张菜板书桌。再说，那么多孩子从两位老师那里能够分得的知识真是少得可怜。不知是不是出于这个原因，两位老师常常把足量的抽打当作少量知识的附赠。

但我从来没有旷过课，即使是在同姐姐一起烤豆沙饼时，我也首先是学生。虽然帮姐姐做事是件挺快乐的事，但我从没想过因此放弃学业。当然，这也是不被允许的。父母对我还是有些期待的。也许说是期待并不准确，应该说是对失去故乡的唯一安慰吧！他们向来认为，城里的环境比乡下更有利于供小孩念书。几亩薄田供孩子念书，的确不容易……

为了这样的父母，我也应该是学生。帮姐姐干活这种快乐的事，也只能利用课余闲暇。但是，我也预感到，从我们的家境来看,我迟早都得辍学。

上学的路上排布着大大小小的水坑。经过一块泥泞积水的空地、一个空荡荒芜的公园,沿着弯曲湿滑的田埂,我才能抵达学校所在的山坡。平常我走三四十分钟就能走完的路程,在雨中则要走一个小时以上。优雅体面地撑着蝙蝠伞①的学生非常少。大部分学生都用染过色的军用雨衣做成野战夹克蒙头挡雨。可我却连这些也没有。我只能在肩上披一块尼龙布。以这样的打扮漫步雨中,感觉我们的城市就像建立在巨大的水坑上面,而我则是那座城市的居民。尽管我非常渴望能有一件稻草编的蓑衣,但没把它带到城里来是明智之举。披一件破布倒和这里的街道更应情应景。

学校没有自来水设施,只在操场一角有一处水泵井。孩子们一到,就会排队站在水泵井前。因为他们只有把好像下田插秧回来的鞋袜整理干净,才能进入教室。学生队列就如同避难的列车既长又破陋。舀水也是个体力活,进度缓慢。我们只能在雨中等待轮到自己。

教室的两旁,站着大块头的学生,他们又像恶鬼又像小痞子。他们是从班主任那里分得一定权力的看门将。他们名正言顺,却又残酷地审判我们。一想到以不干净的理由被

---

① 用黑色防雨布制作的雨伞,是当时最高级的雨伞。

他们禁止进入教室,我就不寒而栗。从门口被撵回去,重新站到避难列车末尾淋雨的学生大有人在。有的学生甚至要承受三四次这样的羞辱,才被允许进入教室。

就算为了这一件事情,我也不能得罪他们。即使我的鞋和脚非常干净,也不一定能进教室。从水泵井到教室有很多小水坑,就算我是能走在水上的耶稣,结果也一样。他们拥有绝对的判断权。我也有过大受其辱的遭遇。在往返三四次后,我的脚如同刚捞出来的虾一样干净,可是这帮小痞子仍然宣判我不干净。

就算我不强悍,我也并不愚蠢。我不想再次成为别人的笑柄。想从他们那里一次性通过的秘诀很简单,是的,他们饿狼一样的饥肠辘辘,给他们点好吃的就万事大吉。而对于我来说,资源是取之不尽的。我们家那些不怎么好吃的豆沙饼囤积如山,就算我们一家一日三餐都吃这些也吃不完。我每天在兜里揣上五六个就足够送了,因此他们对我非常宽松,有时甚至过了头。有时,我干脆连水泵都不去,大摇大摆地从他们眼前走过,直接泥脚进了教室,被老师狠狠地批了一顿。

总之,坐到菜板书桌前,没有不湿的东西,刚从水坑里爬上来也不至于湿到这种程度。不仅是衣服,连书、本子,也都像从水里捞出来一样。座位一圈也总是有积水。老师干脆光着脚。他把拖鞋和袜子都脱掉,把裤腿也挽几圈,吧唧吧唧地左右分拨在孩子们中间走来走去。当时是夏季。如果说把菜板书桌推到一边,举办游泳培训班就再适合不过了。可是那样的快乐我们一次也没有被施舍过。老师就像那帮恶鬼痞子的大头目。

十四 军人剧场

有一张纸条递过来，我在桌下打开纸条。

"军人剧场门口见！"

这是一个恶鬼痞子递给我的。我把纸条撕成了碎片。在我的湿乎乎的手里，它很快就化了。

军人剧场在工会堂建筑的最顶层。我不明白这里为什么要叫军人剧场，因为不是只有军人才能出入这里。包括一般人在内，学生占观众的绝大部分。两杯茶钱，就足可以进场，再加上每次都同时上映两部片子。虽说胶片已旧了，但有的时候，效果和新片上映一样清晰。让观众更满意的是有解说员。运动员的发型，印了字的背心，裤子也是绿色的解说员看起来像是军人。

设施极其简陋。到处都是汗湿味、臊味和潮气。木制的椅子既长又不方便。通风不好，因此每次休息时都有两台大型电扇嗡嗡地运转，这时空气就好像某种被搅动的浓稠液体。但是一旦照明灯关闭、胶片开始运转，那里就成了充斥着孩子们梦想、冒险、暴力和泪水的宫殿。我们向海盗头目安东尼奥·奎恩报以阵阵掌声，为悲情公主伊丽莎白·泰勒动情落泪，我们还见到了英雄奥迪·莫菲，见到了西部牛仔郎凯斯特、库伯、米歇尔·莫里森、理查德·魏德麦等，并为他们的魅力所深深打动。至于说我们在那又暗又臭的屋子里收获了怎样的印象和感动，从我们离开时的眼神和脚步中就能够感觉得到。那眼神仿佛刹那间失去了一切，脚步仿佛失去了方向，那就是我们的全部。

小痞子们在等我。我想也许我要负担他们的入场券。但对于现在的我来说这根本不现实。因为我从来没有带过那么多钱，而且一段时期内也不可能马上凑那么多钱。雨一直下，湿透街道，不能期望洪涝马上结束。我甚至做好了同第一天一样再挨一顿揍的准备。

但我想错了。他们甚至为我备好了电影票，其中一个说：

"有了几张招待券，就把你叫来了。"

我没听懂他说的话，只是想着，也许招待券就是电影票吧！不管怎样，我们进场看了电影。电影非常有意思。虽然偶尔会觉得不安，但很快就迷醉于电影的剧情。但是真正让我感到不安的是在两部电影散场、灯亮起来的时候。黑暗消失的同时,我也失去了一切,只有一颗突然间空落落的心。
不安的黑影笼罩在心头。他们一定会要求我付出某种代价,
我也一定会付出无法预计的代价。我的身体像个空布袋。
如果可能,我愿意再次装满更多的感动和惊讶。

　　工会堂房顶有间化工室,几个竖广告牌被雨浇着。痞子
们在那说了一阵,涌到了外面。雨还在下,赶着潮湿的黑暗
从街道那边无声无息地渐渐靠近。一个小痞子熟练地吹起
了口哨。但是,其他人却没有吱声。我们觉得有点饿了。路
过饼店和面条店时,大家都忍不住往里看了看。也许是因为
下雨,他们面容黯然。

　　临别前,一个家伙递给我两张招待券,而后不耐烦似的
吐出一句:

　　"还想要的话,你就说……"

　　我无声地接了过来,上面印着大大的"招待券"的字样。
我不明白,他是怎么弄到的,又为什么要给我？我拿着不知
祸福的东西傻傻地站着,他们用沉郁的眼神看着我。还是
我说:

　　"我明天会拿好多豆沙饼,装满一个鞋袋的……"

　　这当然是说谎。洪涝不结束,我们是不可能烤豆沙饼
的。连日来,我连一个豆沙饼也没给他们"上货"。明天,也
没道理有什么变化。最近,我们全家的晚餐变成了疙瘩汤。

我不可能把这个送给他们啊!

但我却接着说。也许是这种不能单纯称之为不安的情绪让我一张嘴就撒了谎:

"也许我还能带几个烧饼。我们正打算着做点呢。"

事实上,在我们站着的街对面就有家烧饼店,能看见烧饼店的招牌,是中国人开的饼店。我偷瞄着那家饼店,心里有些焦急地等待他们的反应。不知为什么,雨一直淅淅沥沥地打湿了黑暗……我饥饿难耐。

他们中的一个人终于打破沉默,开了口。这声音无力得让我吃惊。

"算了,以后不拿那些也行……"

仅此而已。他们纷纷转身散去,留下我独自一人怔怔地站在黑暗和雨中。心里空荡荡的,还有孤独涌上心头。这是我从未经历过的孤独感。于是我想,西部牛仔的孤独也就如此吧!

十五 落　果

　　我同一帮孩子一起去捡落果,是在相当漫长的洪涝逐渐消退的时候。

　　也不知是谁先说的,但我们对此却深信不疑,郊外果园里因长期洪涝掉下来的落果遍地都是。

　　我们各自拿着袋子要去果园了。天上有大片云彩,雨也稀稀落落地飘着。随处可见雨季即将结束的迹象。走到郊外了,我们的心情无比轻快、明亮,像小动物一样蹦着跳着,无忧无虑地走着。我们还唱起了歌,从礼拜学校的赞美歌到流行歌曲,无所不有。只要有人起头,马上就成了合唱。我们都不清楚自己要去何处,走了多远。

　　我们到河边的时候已过晌午多时。河水暴涨,涨宽的河面泛卷着红色的漩涡。我们停了下来。这是那一天,我们遇到的最初,也是最大的障碍。

　　大家的意见分成了两派。继续前进的意见和主张后退意见互不相让,双方都有充分的理由。前进派的主张是河虽宽,但不深,而且水流缓慢,因此,只要有决心,是完全可以涉过去的。走了几个小时,才来到这里,怎么能畏难而回呢?跨过这条河,就是目的地。看,河对面那片绿<u>丛</u>就是果园。那里有遍地的落果……

但反对派也有说服力。那就是我们这么大的孩子过这条河力不从心,万一出事如何是好?那样的话,落果又算得了什么。虽说可惜,但空手而回也是个明智的选择……

大家叽叽喳喳的议论终于有了结论。但又模棱两可:有把握过河的就过,没有把握的就留下来。而落果就大家平分。

一行人中,从身高马大的孩子开始一个个过河。正如大家预料的,河水不深,流速缓慢。但也绝不是什么轻松的冒险。我加入了前进派。水漫到肚脐,再加上流沙层地面很稀软,终于艰难地到达对岸。我觉得比起寻找落果,如何返回更让人担心。我无力地坐在沙地上,后悔自己投入了无谓的冒险。

最后趟过这条河的孩子中,还有几个女孩,她们比我们大三四岁。她们的身材和个子是我们没法比的。因此,过河的事情就显得容易多了。但毕竟是女孩,随着水逐渐上涨,女孩们的表情也各异。

　　姐姐始终在笑。水涨到小腿时,她在笑;水过膝时,她又咯咯地笑。但那笑声里并没有悠闲,只是用这种形式来掩饰她内心的不安。但是,姐姐的朋友却不一样。她突然闭了嘴,静默地趟河。虽然姐姐一直在笑,但她却一眼也不看姐姐。随着水涨起来,她提起裙角,全心注意着脚下。河水越来越深,自然而然,她的裙角也越提越高。不知不觉,我被某种异样的紧张感攫住了。我产生了某种强烈的冲动,但却无法开口。

　　她们快到河中间时,我的预感变成了现实,那个女孩意识到自己的失误时为时已晚。虽说这不过是一眨眼的事,但羞耻感依然无减。女孩慌忙放下了裙子,她的身体暂时失去了重心。

　　过河的人差点就到一半了。我们重新出发。远远地能够看到果园外围的枳树栅栏,孩子们满怀期待地欢呼,跑着把空袋子像旗帜似的挥舞。没想到,最积极、最善谈的还是那个女孩。

　　我们如同凯旋的士兵一样归来。窄而泥泞的木板村胡同里,恰是弥漫刺鼻烟雾的傍晚时分。我们的战利品是枳果。虽然还只是味道酸涩的青果子,但对村里的孩子们来说,确实是新奇的礼物。迟来的晚餐时,不知有没有人提到那一瞬间的事,至少对几个人来说那一瞬间的记忆是难以从脑海中抹去的。在最后分手时,那个女孩很失落。女孩手里也拿了落果,但她的心思分明不在那上面了。脸色忽然黯然的她低着头,在想着什么。

我第一个转身离开。迈出回家的步子时,我猛然想起以前的记忆。是的,尽管说迟来的确信,但我却恍然大悟,她就是我搬家第一天晚上在村子公厕里见到的那个女孩。

十七 到哪儿了

洪涝结束的时候夏天就差不多结束了。每天早晚凉飕飕的风从木板墙的缝隙里渗进来。整个夏天散发着臭味的下水道里响起了美丽昆虫的鸣叫声,涤滤着月光,这对于没有收获的玩偶之城的居民来说是个凄凉的季节。

二十四窟窿的饼铛生了红色的锈。卖麦芽糖的人把它搬走了。姐姐舍不得,父亲则一言不发,我对那人换走饼铛而留下的秫秸秆似的麦芽糖更感兴趣。凉茶缸连卖麦芽糖的也不愿拿走,它早已有了两条长长的裂纹,贴上胶布似乎可以凑合着当鱼缸,但是毕竟连放鱼缸的地方都没有,最后还是扔在空地上。父亲这次也没有开口说话。

如此一来只剩了一辆三轮车,旧货商老郭给了我们高价。父亲用那个钱买了一台旧自行车,然后早上骑着它出门,直到夜里才回家。就像出门时那样,回家的时候仍然两手空空。

早饭照旧是小米饭,泡在水里,像沙子似的一粒粒散开。再怎么小心也很难连一粒米都不掉就结束早餐。每次收拾饭桌,母亲都舍不得丢掉粘在抹布上差不多半勺的饭粒。

所以每次用同样的话来教训我们:"在乡下好歹被飞禽叼走,但是在这里只能在臭水沟里烂掉……"

"臭水沟里也有蚯蚓,妈妈!"但是我一次都没有指出这一点。姐姐只吃了自己早餐分量的一半,剩下的一半当午餐,即使那样也不觉得不够。而对于我则完全不能理解那一点。当然,我根本不可能那样。我有一两次试着采取姐姐那种方式,但不出所料,结果还是一样。我两顿都不能满足,早上不够吃,中午也不够。所以,与其两顿都吃不饱,还不如一天只吃一顿饱的。否则,要想再次面对饭桌就不得不等到晚上。

没有午饭吃的那些天觉得白天更长,就算为了填塞这漫长的空闲,无论怎样也要变得勤奋起来。京城人太吉经常给我出主意,我们成了挚友,整天乱窜。在木材公司扒树皮,在车站附近的煤场捡煤核,或是把煤末搅拌成疙瘩等。我们每天都忙一整天。虽然这种活偶尔才有,但我们在木材公司用捡锯末代替了扒树皮,在煤场以挑和石头一样坚硬的煤块代替了捡煤糊,买煤末发展成为正当地取回成品的煤炭。总之,由于我们的努力两家的柴火就不缺了。

　　但是柴火并不能填饱肚子。累了一天,好不容易等到太阳落山,回来时看那密密匝匝的木板屋群里,我们的屋子时常沉没在一片黑暗之中。当然,屋子里有母亲和姐姐,我能从她们清澈的目光里看出当天的情况,灶台下已准备好温水,我静静地,尽可能慢慢地洗漱,带着一种想把饥饿和灰尘以及疲惫一起洗掉的心情。然后,悄悄地躺在姐姐旁边。

　　直到明亮的月光从手掌大小的纸窗缝照进来的时候,我们仍然无法入眠。因为月色太清亮,我们也都感到空着肚子的身体清澈透明,我们以似水般清净的心情等待父亲,困意也不能侵犯我们。

　　我对着姐姐的耳朵低声地问道:

　　"到哪儿了?"

　　于是姐姐向我这边侧过身来像孩子般回答道:

　　"到十里外了。"

　　姐姐的气息温和地拂过我的耳垂,我特别喜欢那种感觉,很快就再次发问:

　　"到哪儿了?"

　　"到五里外了。"

　　"到哪儿了?"

　　"到铁道边了。"

　　"到哪儿了?"

"到胡同了。"

"到哪儿了？"

"到门口了。"

突然好像听见父亲的自行车的声音，我缓缓地坐起身，母亲和姐姐也悄悄地探出头来。

父亲归来的时间和我们的预测差不多吻合的情况也不是没有，那一瞬间的感动无法用语言表达。有一次，姐姐居然无声地抽泣起来。即使父亲不顾我们那种急切的期待仍然空手而归也让我们高兴，因为我无法想象比那更完整的安慰。

可是那种情况极少。鲜明地映入眼帘的只有一道扭曲变形的门，以及透过褪色的窗纸的初秋月光。遇上好运气，也只不过透过门缝看见浅含朝露的一两朵星星花。即使反复预测结果也是同样的。

偶尔也有在午夜被叫醒的时候，揉揉眼睛起来一看父亲坐在枕边，仍然是出门时的装束。很快，母亲从灶台那边端进来什么东西，然后在我们拿起碗筷之前对我们小声地说："别出声，悄悄地吃，先喝口水……"

像小偷似的，我们开始偷偷地吃起来。这种氛围里若发出勺子碰撞的声音都会令自己心头一颤。但是这时候最缺乏谨慎的是父亲，他几乎不吃东西，可发出刺激邻居们耳朵的声音比谁都多。最后竟然还说出这种话：

"进城的人，无论是谁，起码得当一次穷光蛋。大家都说：只有将身上的所有东西，包括最后一块铜板和一点灰尘都掏光后才真正能有出路……"

并不一定是因为父亲的那句话，我在某种难以释怀的激情中渐渐明白了这一点。毕竟我们那么迫切所期盼的是父亲而不是填饱肚子所需的任何东西。

十七 你们中的一个人

之前提到的那些恶鬼般的朋友们全部被叫到教务室,两位老师很快也跟着去了。老师神经质地挥笔在黑板上写的字正凶狠地威胁着留下来的孩子们的眼睛。

"肃静地自习!""不饶恕吵闹者!"——这是两位老师分别留下的注意事项。

可是孩子们早已不是受到威胁就老老实实的家伙,上百张嘴各自嚷嚷着,教室一下子变成了候车室。

我虽然把书和笔记本乖乖地放在菜板书桌上,但却不愿安静地坐着自习。在候车室里,那些闭口不言的人反而最奇怪。不管后果如何,首先,喧闹者是最有人气的。到处对恶鬼小痞子们的事议论纷纷,对这个话题津津乐道的嘴有多少张,故事就有多丰富。但内容都大同小异。就像我早就感觉到他们是恶鬼啦、小痞子啦,还有小偷啦之类的。有个孩子记起洪涝时的事,竟指责他们都是小暴君,甚至是荒唐的保安。

不知为什么,我陷进一种奇妙的心境里。我想起了有一次被他们叫到军人剧场的事。到现在也不明白他们在剧场对我的态度。他们为什么把我拉出去,还有,临别的时候又出于什么意图竟把那两张招待券给了我? 况且,他们不是还不愿意接受我主动提出的补偿吗? 他们用了无生气的脸色对我说过:"以后不拿那些也没关系!"

那天之后,他们的态度一直没有变化。待我很好,也不计回报。偶尔,他们会向我开口:

"你,要不要去看电影?"

"你,不饿吗?"

哪怕小小的一块面包、一个铅笔头,也是他们给我,而不是我给他们。尽管不是常有的事,对我来说,渐渐不再像刚开始那样觉得有负担了,因为我已极其谨慎地下了定论,他们是无偿的给予。多少有些感到不安的时候也有,也就是突然疑惑他们的好意究竟何图的时候。

把孩子们议论的内容归拢捋顺,就大概能猜到今天这事的来龙去脉,似乎是他们对高年级的一个女孩做了什么。我当然不认识那女孩,但对加害者有所了解。我认为以他们的为人完全可以做出那种事,虽然和我同一年级,但是他们比我大两三岁,体格也强壮的多,性情又如何呢? 不言而喻。

所以他们足以那么做,并且是小事一桩。孩子们纷纷说此事在学校引起轩然大波是由于被害者的父亲并非等闲之辈,但这点无从证实。事情是不是麻雀一样叽叽喳喳的孩子们编造出来的也不一定。

一部分孩子又说起另外一些事。说是他们偷东西终于被逮住了。是在城里的几个市场上。他们偷的是一些琐碎的日用杂货和文具,并且有时把剩余的赃物拿到学校强卖给学生,却在这个过程中失手导致了劣迹败露。议论的大概就是这些。实际上我也有几次看到他们在强卖东西,所以我认为这些议论也有可信度。

总之,我认为今天的事肯定是两种情况之一或者两种情况都有。

孩子们仍然像小鸟一样叽叽喳喳,几个家伙大胆地在菜板书桌上跑来跑去。雨季以来一直泛潮的教室现在像工地一样尘土飞扬。

过了一会儿,两位老师回来了,可主人公却一个都没露脸。我猜,从那天以后他们恐怕再也没有出现在那个教室里。因为我也没过多久就跟秃山山顶上的,且印象特别深的那所避难学校告别,后来的事我也不清楚。

我们统统挽起裤腿站在书桌上,站了四个人的菜板书桌艰难地支撑着。这是非常适合抽打的高度。

一位老师指着黑板上的字大声喊道：

"你们到现在还不会念自己的文字吗？不懂'自习'这个词吗？还是不知道下一句话是什么意思？如果那也不是的话，那么你们到底干什么来了？以为这里是战争孤儿收容所吗？"

另一位老师已经开始抽打了。从最后一排开始，可怕的声音不停地在耳边响起，但没有一个人敢回头看。此时的我们都有一种人为刀俎、我为鱼肉的感觉。

说这些已经没有用了。这时才悟到这点的那位老师也加入了抽打的行列。他从靠近讲桌的第一排开始打。木条狠辣又公正。菜板书桌上陈列着的孩子们的小腿上像有花里胡哨的蛇在弯弯曲曲地爬动。木条破空挥舞的声音、触及肉体的沉闷的破裂音，还有孩子们的尖叫声和抽泣声此起彼伏。

教室里充斥着怪异的热气，又热、又沉、又浊的气息。这段时间漫长难耐，直到两位老师在中间一排相遇。他们面对最后一个孩子的小腿的时候，犹豫了一下。虽然时间不长，但对于那个孩子来说应该是无比残酷的煎熬。无论如何，不会有例外，我们手里都捏了一把汗。

两位老师中的一个先把木条扔掉了。然后，过了一会儿，另外一个也抛开木条，拍了拍手。奇迹般的，那个小孩被赦免了。

重新上了讲台的老师一段时间里都在气喘吁吁，他头发凌乱，汗湿额头。疲惫而落魄的样子无法与刚才帝王般挥动木条的他联系到一起。

老师向跪在菜板书桌前的学生们开口了，又低又虚脱的声音。但老师的话语比任何时候都更震撼我们受伤的心。

"现在是既黑暗又浑浊的时期，可我相信你们不会屈服，仍然顽强地成长。与其失去你们当中的一个人，我宁愿用木条每天抽打也要守住你们每一个。所以，很久以后你们回想现在，绝对不要说守住你们的只有抽打而已，但愿能记住，你们当中，哪怕是一个，也是有没挨打的……"

老师一口气说完，便转过身子，慢慢地擦掉了黑板上的字。

我并不觉得我们完全理解老师的话，但是我们的心已全然接受。在一种肃然的沉默中，几个小孩抽着鼻子哭泣，老师在擦干净的黑板上开始写新的板书，我记得是有关豌豆实验的内容。

在放学回家的路上，我遇到了恶鬼小痞子们，他们特意等在我经过的路上。他们一个个都垂头丧气，像被赶出来流落街头的孩子们一样神情落寞，而事实也确实如此。

他们当中的一个告诉我学校让他们明天叫家长来，他的声音很无助。我本想问为什么,但没敢问。我也像他们中的一个成员似的沉沦在忧伤的气氛之中。谁,什么都不想说。他们像小痞子或流氓那样,吊儿郎当地站着。

"我们,去看个电影吧,怎么样?"

好不容易有个家伙开口说话。

"带人场券没有?"

"不是已经看了吗,看昨天看过的干什么啊?"

"那干什么? 像乞丐一样一直这样吗?"

毕竟现在能去的地方只有剧场了。

他们去以前去过的军人剧场消磨剩下的时间。一直看电影的只有我一个,他们从电影一开始就一人占了一个长条椅躺下了。

我们从剧场里出来已是傍晚时分。城里的天空已经变成暗青色了,所有的情景都同上次一样,只不过没有下雨而已。他们的脸像夜幕渐渐降临的街道一样始终阴沉着。

最后分别时,他们向我伸出了手,我确信他们不会再回学校了。他们的手很温暖,但背影却特别凄凉。

某种情感充斥了我小小的心胸,我才明白了一个事实。确实,他们虽然像恶鬼、像小痞子,但他们分明在我身上汲取了友情。所以,他们才是世界上最孤独的孩子。

⑱ 一日店员

　　当我想放弃学业的时候,旧货商老郭来拜访我们家了。他带来的是经营一个小店铺的朋友想雇一个温顺点的店员的消息。

　　正好父亲不在家,老郭跟母亲聊了一会儿。我很快就知道了是怎么回事。老郭大叔分明是看中我了,冲着我来的。母亲说我还小,而他则坚持说我是温顺又伶俐的孩子。

　　"现在都什么情况了还说什么学校?反正也不能供他一直念书,干脆早早培养成商贩更合算,恰好眼下有机会,干脆趁这个机会离开那破学校……"

　　母亲只是用裙子的一角擦去眼泪。我想已经有结论了。

　　第二天,我跟着老郭出了门,觉得很轻松。商店在城边一个市场的入口。最先映入眼帘的是写着"天地百货店"的招牌,但却名不副实。按店的规模叫百货店有点小,叫杂货店又多少有些大。

　　我接受了店主夫妇的面试。两位都是三十五六岁,给人整洁干练的印象。

　　他们仔细地打量着我,说是不是太小了。老郭像跟母亲说的那样,向他们称赞我是非常温顺又特别聪明的孩子。他们用淡淡的笑容代替了应答。

　　我被录用了。他们首先决定给我提供住宿和一日三餐,还答应每月给我适当的零用钱和必需的衣物。他们还说暂时不能指望比这更高的待遇,合理的报酬将来会给我算。那就是等我到成人不仅给我娶妻,而且给我开一个小店面。所以,这些都是至少十年以后才能实现的。

　　"从今天开始你就是这家人了,以后好好干。"

　　老郭轻轻地拍拍我的后背,之后,心满意足地回去了。那一刻我还捉摸不定,傻乎乎地站着。不知为什么有一种浮在空中的感觉。

　　最令我困惑的是,无论如何也抓不住行动的方向。从此以后应该做什么事?我像被推进衙门的乡下土鸡一样呆头呆脑地环顾四周。店里陈列着各种各样的商品。它们都有着各自特定的用途、模样和魅力。我打心底里感到姐姐和我做出来的煎饼是多么简陋和不起眼的商品。我打量着陈列柜里边,在店里转悠。映入眼帘的每一样商品都抓住了我的心,没有一个东西不引起我购买的欲望。我想拥有那些。木刻的老虎、黑色的蝙蝠雨伞,和泛着金光的小衣扣,还有,女人的胸罩。一个都不落,我都想拥有。如果我能拿走那里陈列的每一样东西,一样就只拿一个,恐怕我会是这个世上最富裕、最幸福的人。我想如此大的幸运在十年或是二十年以后也许真能变成现实。我决定,到那时就跟店主夫妇提议,给我这些来替代娶妻和开店。

依次参观完店铺以后,我又感到困惑。因为,我还没有找到我应该做的事,店主夫妇到那时也没有任何吩咐。但他们一直关注着我的一举一动。我有一种在不能停留的地方等待着某个人的感觉。我焦急地感到掌心直冒冷汗。我暗暗希望,快点有个人出现把我从这个令人尴尬的地方带走。

中午,我吃了炸酱面。第一次吃这种东西,美味得难以言喻,因为味道特别合我的胃口,是店主夫妇特别为我叫的外卖。再加上,这几个月来,我家人一直没怎么填饱肚子,我总是处于饥饿状态。直到狼吞虎咽地吃了个精光,我才想起母亲和姐姐的脸,觉得鼻子酸酸的。

女店主说:"店里时刻要整洁。不管是陈列柜的玻璃,还是大厅地面都得经常用抹布擦干净。然后守在店门口,要是有客人来就恭敬地行礼帮他们介绍……"

可是店里很干净。我从未见过这么干净整洁的地方。因为实在太完美,我反而失去了真实感。再说不知道是不是

因为白天的缘故,光顾的客人也很少。所以,安排给我的做
介绍的事也几乎没机会做到。

吃过午饭之后,来了几位客人。对我而言,当然要当导
购,可是不知为什么我连句问候语也说不出来。客人走了之
后,我被责备了几句,我的脸红了。虽然女店主的语气跟给
人的印象一样温和明朗,但也能充分让我清醒地认识到自己
的处境。的确如此。我已经不是一个完整的自我,而是以接
受几点关于未来的约定为代价被卖来的孩子。接待到来的
客人、时不时地打扫、为琐碎的事跑腿儿,即使是多么微不足
道的事,从此也只有那些才是我要做的全部。

我全力以赴地准备接待客人。一位年轻女子进来了。
毫不犹豫地,我尽最大的努力说道:

"欢迎光临,您需要什么?"

把话吐出来之后,发现其实很容易。我比想象中更放松
地走到客人面前。她停下来,并不看商品而是直盯着我。她
的相貌似曾相识。

我鼓足勇气,把一只脚抬起来做着并不自然的姿势又说
了一遍:

"您需要什么? 客人……"

她什么也没说从我前面走过,然后向里边喊道:

"姐,姐不在吗?"

我慌张地往那头看,女店主面色温和,还带着微笑望着我。我有一种失足痛跌的感觉。我想那应该是十年或二十年之后我在这个家生活的样子。我埋着头,脸上火烧一般,听她们之间的对话。

"新来的孩子吗?"

"是,今天开始住这里了。"

"从哪儿带回来的?像个乡巴佬,不是吗?"

"大概吧,怎么样?看上去是不是很纯真而且又伶俐呀?"

"是倒也是,可谁知道这家伙会不会像上次那个孩子一样手黑……"

关了店门,坐在晚饭桌前已是十点以后。桌上放了雪白的大米饭和煎鱼块。自从去年在乡下家里祭祀当夜吃过这种饭菜之后这还是第一次,可是我连一半也没吃上。我想了整个下午以后,已经有结果了。心里很轻松,也很淡然。晚饭过后我就表达了自己的意愿。当然,店主夫妇很舍不得,提起了我的家境、人生所遇,甚至还有老郭的面子,百般努力想改变我的想法,但我坚定不移。娶妻、开店固然重要。而且陈列柜玻璃窗里那些各种各样的东西——木刻的老虎、黑色的蝙蝠雨伞,和泛着金光的小衣扣,还有,女人的胸罩,可以一个都不落地一样拿一个,放弃这种幸运对我来说真是非常惋惜的事。

即使如此，我的决心也没有动摇。我坚信我应该回到那个并不整洁又有味道的木板房。

母亲并不责怪深夜归来的儿子。她用初逢般的目光仔细地看着我的脸，无言地抚摸着我的头。姐姐格外高兴，就像是找回了离散的弟弟，好几次握住我的小手，然后，反复问同样的话：

"怎么样？晚饭吃了吗？真的吃了吗？"

我不停地点头，环顾着寒酸却无比温馨的屋子。炕梢放着加了糖精的酒糟，姐姐的嘴上有股甘柿子一般的酒味。

十九 哑巴是怎么哭的

父亲一连好几天都没有回来。我们虽然非常担心,却无从打听下落。

母亲一直卧病不起,一天到晚动也不动地在炕头躺着。也难怪,她本来就是个多病的人。对她来说病痛也许是最长久且唯一的朋友。尽管如此,最近她明显虚弱了不少也是不争的事实。深夜里突然醒来,侧耳倾听,就能听到她病痛的低吟。家人都沉睡时,只有她跟老朋友苦苦地挣扎。可母亲并不是因为病痛而倒在病床上的人。我们认为母亲只不过是用那种方式等待父亲的归来而已。

姐姐和我不时地在胡同外走来走去,有时一直走到大街上响起宵禁的警报声。但我们的期待每次都落空。隐隐约约地,我们的心中一点点地积郁了也许父亲永远都不能回来的念头。因为猝然之间迎来那种不幸太可怕了,甚至连想都不敢想。

那天飘洒了一会儿凉凉的秋雨又停了。早上，我们胡同里的崔班长来我家。他是个大家一致评为对村里的事打理得很勤快的小个子男人。出乎意料的是，他给我们带来了父亲的消息。

崔班长和母亲的谈话不过几句而已。可姐姐和我还是一下子就意识到了事情的严重性。跟着崔班长匆忙出门的母亲脸色苍白，血色尽失。

我们被告知父亲出事的消息是在傍晚时分。母亲回来时已精疲力竭，先哭了一阵。这是从未有过的。母亲从不表露出她的心思，平日里的所有悲欢也不曾打破她的宁静。那样的母亲如今却在我们姐弟面前哭出了声音。

姐姐还不明原因就跟着哭了起来。尽管鼻子不停发酸，但我还挺得住。我背对着她们，无心地望着贴了厚厚而又凌乱的报纸的木板墙壁。

父亲被扣押在员警署的拘留所，说是用自行车搬运什么东西被抓的。母亲并不知道那是赃物还是走私货，又或者是军火还是黑货。但不管怎样，搬运那些东西是违法的，所以，理所当然父亲要坐牢。怎么会是父亲，那么善良的父亲……

那些东西到底从何而来，父亲又为什么搬运它们？都无从知晓。但有一点很清楚，那就是那些违法的东西绝不是父亲的。这点毋庸置疑。我们心知肚明，最近这几个月，父亲兜里连张一元的红色纸币也没有。

我悄悄地钻出屋子。背后很寂静。事态虽没有变,可激动的瞬间已经过去了。母亲恢复了平时的样子,躺在炕头静静地闭着眼睛。母亲在想什么? 她也许因为父亲的不幸不可挽回再不抱希望,但激烈哭泣后只留下的抽咽使我们觉得所有的不幸随着哭泣一起结束。我想也许那不过是一场噩梦,仿佛可以看到父亲骑着破自行车颠簸而归的样子。

胡同里,孩子们叽里呱啦地吵着,他们合伙捉弄太吉。我像白天睡醒的孩子,懵懂地站着听他们的合唱。

> 京城人,"大元葱",
> 美味的大鲸鱼,
> 跨过了汉江桥。
> 来这里干什么?
> 是不是想来吃,
> 大鲸鱼大元葱……

孩子们重复了好几遍。可是太吉很安静。即将消失的晚霞淡淡地映照在木板墙上。他缩成一团靠墙坐着,闷闷地用木棍搅和泥泞的路,因为,他又被他古怪的母亲揍了一顿。捉弄他的孩子们一个个走开了。

　　我缓缓地穿过胡同到了街边。但夜路再也没有我的立足之地。我停下脚步左右看了看路的两头。因为是土路,沙尘漫天。一队围着伪装网的军用卡车从面前驶过,还有看不见的时间也随之缓缓流逝。我想起避难学校的老师说过现在是既黑暗又浑浊的时期。我盘算着我们家搬到这个可笑的城里已经有几个月了。

　　父亲卖过凉茶的位置还空着,只有一棵矮小的垂柳,翠色消退的叶子上落满浮尘。姐姐和我煎饼的地方却已被一个陌生女人占据着。她头上围着毛巾的样子显而易见是个最近才入城的乡村女人。几拢像大人手指粗细的新出炉的红薯摆在木板上。

　　突然,旁边响起了奇怪的声音。我把视线移了过去。我们一般叫"残次学校"的那所在马路边的破旧建筑物里正有一群孩子蜂拥而出。正是与我年龄相若的孩子,但他们并不是玩偶城市木板村的孩子。我知道他们是从城里各个地方来的。他们都是聋哑儿童。

　　我看了一阵他们的样子。他们比划着复杂的手势,操着特有的发音,之后各自散开。直到最后一个孩子也消失之后,我才转身离开。这段时间完全被遗忘的乡村,这才在眼前渐渐地清晰起来。我记起以前念书的学校和那里的孩子们,想起了我在那里参加的最后一个学艺会。的确如此,我

们合唱了《杜鹃华尔兹》,表演了《卖毛驴》。我还以《金鱼》的
故事赢得喝彩,被认定是未来面长的料。可我现在却成了连
父亲都失去了的孩子。想哭的冲动涌到了嗓子眼,但我并没
有哭,因为我还是个没学会怎么哭的哑巴。

第二部

饥饿的灵魂

一 蜻 蜓

没有父亲的那年秋天,整个世界空旷无人。我们那如同柜子般的屋子看上去前所未有的大而空旷。母亲到秋天即将过去为止一直躺着,这对于我,反而成为一种安慰,起码可以填补空洞的空间。

村里的孩子们有段时间沉醉于捉蜻蜓,由于被这事冲昏了头,把捉弄太吉的事也忘得一干二净。对太吉来说这是烧香拜佛的幸事,但对于蜻蜓来说无疑是个深重的灾难。

我们的主猎场在村旁的河边。看上去似乎曾经河面宽阔、流水清澈的一条河,现在被污染得相当严重。好像不仅是我们木板村,还有城里许多家庭倒掉的废水,全都流进了这条河似的。所以,望着浊臭的河水,就觉得我们的城市从根开始,全部都在腐烂。也正是在那种地方,精致美丽的小生命却成群地飞来,着实令人不可思议。

如果没有别的事——尽管总是没有别的事——我几乎

天天在河边待到日落。朋友太吉成了我的好伙伴。他在捉蜻蜓方面也有独一无二的伎俩。托他的福,和他一起行动捉到的蜻蜓十根手指都夹不下。

哪怕只有一次,只要留意过成群的蜻蜓在阳光如水倾注的秋日中翩然飞舞的人,都能理解那翩然的景象如何撩拨起我们心中纤如毫发的涟漪。我倾倒于这件事一半原因就在于此。太吉拿着网兜跑来跑去的工夫,我要做的事就是保管好之前捉到的蜻蜓。我把它们夹在指缝间,呆呆地望着水面上低旋的蜻蜓。

的确如此。秋天是个纯净空远的季节,没有一点尘芥。垂挂着的蓝蓝的天空是那样的,清澈地流下来的阳光也是那样的。

至少在那里,连战争的一点痕迹也没留下。任何东西都没有隐藏,目之所及,一切都袒露出各自空荡荡的心脏。

尽管如此,哪还有像蜻蜓一样透明的小生命呢?秋日的阳光仿佛蜻蜓羽翼的震颤照射在空气里,我时常感到鼻子发酸。它们一无所有,是纯洁高贵的小生命。我时时想起母亲病恹恹的脸。

我看着一只只被夹在指缝间合拢翅膀的蜻蜓。首先是辣椒蜻蜓,身材窈窕。十个关节,每一个都像被染上红色的染料一般。豆酱蜻蜓因为黑色的三角形纹路,多少给人带来一丝不祥的感觉,看着黄色身体的尾部上烙刻的三角形纹路,每次都感到不舒服。胸部两侧描着黑线的辣椒蜻蜓也一样,特别是黄色的雌蜻蜓总给人沉郁不祥之感。可是偶尔抓到的小麦蜻蜓感觉也是一样,我怎么也看不惯它粘了一身的白色粉末。每当那个东西粘到指尖上时,我都特别厌恶。和它们比起来,大母蜻蜓的黑褐色纹路尤为美丽。我久久地欣赏着那印在两对透明翅膀上显眼的黑褐色纹路,赞叹不已。

但是,我为之倾倒的最大原因却在于别处。蜻蜓有如此柔弱而又纤细的身段和细长的三对腿,还有除了如同绸丝的脉络全部都是透明的两对翅膀,可为什么几乎所有都长了笨重的头和食肉用的坚硬口器以及一双不善的大复眼,还有凿子一样的下巴……这不可理喻的矛盾,强烈地吸引了我。

朋友太吉带着疲惫不堪的表情回来了,网兜里又有一只蜻蜓。我们用脚代替手,比划剪刀、石头、布,他赢了。我在他面前伸出了双手。

十个手指的缝隙里,密密匝匝地夹着当天的收获。

他选择了左手。右手里的就是我的份。我们缓缓地向家走去,像戴着宝石戒指一样,指缝间满满地夹着蜻蜓。因为太饿了,顶着脖子上的这个脑袋回家去也很难。

母亲仍然躺着。不知为什么我觉得很放心。在枕边的姐姐回头看着我,白净的在傍晚的昏暗里也能看得出来的干瘦的脸。我靠墙站着，一时没开口。然后心想：是啊，我们是在等待，等待父亲骑着破自行车颠簸而归。我想，也许今晚能听到那声音。

"捉了这么多……"

姐姐说道。我点点头。然后，慢慢地把蜻蜓一一松开。它们在玩偶一样的狭小的屋子里，像瘦弱又饥饿的灵魂一样，用无比柔弱和透明的姿势飞来飞去……即使不吃肉就吃草，或只汲取凝在草尖上的露水，我想我们也绝不会拥有像它们那样透明的灵魂。

但是我坚信，唯独母亲能拥有连蜻蜓的翅膀也不及的透明的灵魂。因为除了喝水以外，她什么都不吃。

二　面包和福音

　　星期日，孩子们向教会蜂拥而去。我们木板村里的孩子们几乎全都到儿童礼拜学校登记了。即使特别不愿意去避难学校，或是像太吉一样干脆不上学的孩子们居然也一次不落地去星期天的儿童礼拜学校。我们都是异常认真的满勤生。

　　教会在离村子不远的山坡上。两个巨大的军用营帐和一个挂着钟的钟楼是全部的摆设，这是贫穷村子里建起来的基督教堂。去往那里的路上和狭窄的院子里总是堆着黑色的煤核，就是旁边的什么铸造厂的高炉里烧剩的渣子。所以，再怎么小心我们的脚底也总是黑黑的。

　　两个营帐之一是我们儿童班的，里面几乎没有什么装饰。当然，在那里没有一件东西能完整地保留下来。我们毫不犹豫地占据了那个地方，开始像恶鬼一样骚乱。没有理由缩成一团，因为唯独在这一瞬间我们可以不用顾虑一日三餐似的父母频频的责备和可怕的抽打。我们认为，至少在这种场所，我们被赋予了几乎无限量的免责特权。所以，我们还坚信，根本不存在不能被宽恕的事。比如说，太吉用钉子尖在地上画稀奇古怪的画，或我们当中的几个家伙剪断营帐的绳子玩跳绳等诸如此类的事，都是因为这样的信念才有可能做得出来。没有一个家伙因为那种事挨打或被赶出去。

我们儿童班的老师们总是能把这群乖戾的小羊统率得很好。让这些不仅是脚底，连手和心也都黑黑的羊群安静下来，并不需要多久。老师面带微笑地说：

"来，我们都一起唱一首赞美歌。赞美歌第一百一十章，'成为善良牧羊人的我们的主'，大家都清楚吧？会的人大声一点，不会的人小声一点。来，大家开始！"

说着他用力地挥舞手臂。于是，孩子们立刻就不由自主地沉浸到音乐当中。

"继续，第一百章，'真美丽啊，主的世界'。开始！"

音乐很容易平静我们心里所有不纯洁的冲动。连续唱完几首，我们不知不觉成了温顺的小羊。我们听了很多故事。在那简陋的营帐里，我们看到了被钉在十字架上的耶稣和他所创造的种种奇迹。荆棘冠冕扣在头上，长长的钉子狠狠地钉进手掌时，孩子们都皱起了眉头。我坚信所有的孩子都感受到了那种痛苦。其中，也有发出一两声尖叫或是抽噎的孩子。

　　也有一次真出现了骚动。那是因为一个与我年龄相仿的小女孩突然发病。由于那女孩住在和我们紧挨着的胡同里，我看她挺面熟。她脸色苍白，没有血色，一双眼睛常常是怯怯的。我听说，战争爆发的时候，她还不到五岁。在故乡黄海道回领，她们一家是虔诚的基督教信徒，她父亲现在在运输公司的仓库里干着推三轮车的活。他身上扛着大布袋穿过停战线，后来从里面拿出来的正是那小女孩，就这样，她成了我们邻居中的一员。但平时能看出她是过敏性体质。

　　我们围上了那小女孩。然后，默默地俯视着小小的她。她翻着白眼，侧着身倒在地上，嘴角边流着黏糊糊的唾液，苍白的额头上冒出一粒粒汗珠。我们的脚被煤核弄成了乌鸦脚，围着的人谁也没有开口。但我们都能清楚地意识到，她分明是在生病。由于病得太重，她那瘦弱的小身体在地上拧了劲儿地挣扎，我们小小的心像柴火一样就快要干裂开来。

　　可是使我们愉快的故事也有很多，比如耶稣创造的种种奇迹正是其一。治疗癫病、使瘫子坐立、使哑巴说话、挽救被魔鬼附身的孩子，还有在水面上如履平地、使无花果树枯死，诸如此类的奇迹令我们惊叹不已。但在那么多的奇迹当中最吸引我们的是关于耶路撒冷对岸的荒野的奇迹。用五个面包和两条鱼，使五千名壮汉填饱肚子以后，把剩下的凑在一起，装满了十二个筐。老师说到这儿，我们都齐声感叹，甚至有些家伙跺脚、鼓掌。

"还有呢。"

老师笑着继续讲故事。

"在马太福音第十五章三十二节到三十八节这样写着：耶稣叫门徒来说，我怜悯这众人，因为他们同我在这里已经三天没有吃的了。我不愿意叫他们饿着回去，怕他们在路上困乏。门徒说，我们在这野地，哪里有这么多饼，叫这么多人吃饱呢。耶稣说，你们有多少饼？他们说，有七个，还有几条小鱼。他就吩咐众人坐在地上，拿着这七个饼和几条鱼，祈祷后，掰开，递给门徒，门徒又递给众人。众人都吃，并且吃饱了，收拾剩下的零碎，装满了七个筐子。吃的人，除了妇女孩子，共有四千……"

我们又大声感叹，有的还吹口哨。一眨眼就觉得饿了，因为大部分孩子都被慢性的空腹感所困扰。孩子们陶醉于丰盛的故事筵席，这时才慌张地记起了一时忘掉的正事，于是，也不等礼拜结束，就呼啦往外跑。

被煤核覆盖的狭小的院子里，转眼就排起了长队，个个都是忍饥挨饿的干抽抽的脸，盛满惊叹的眼珠此时闪着狡黠的光芒。我们纷纷拿出揣在兜里的面粉袋，还有水泥袋，焦急地等待着。这是饥饿感最为强烈的瞬间。身手快的家伙们已经拿了自己的那份，兴冲冲地跑下山坡去了。越是那样，还在排队的就越着急。所以，长队渐渐参差散乱。尽管非常清楚地知道，哪怕排在最后一个的孩子也从来没有空手而归过，我每次还是一样等不及。

终于拿到我的那份时，我体会到的空虚更大于快乐。精疲力尽地转过身，朋友太吉把嘴弄成小丑似的白白的，站在那里。在他背后，能清晰地看到我们的村子。用木板、油毡纸和罐头盒在补丁上摞补丁的那个村子不久将发生某种巨大的奇迹，除此以外，我想再没有任何值得我们家人和邻居期待的事了。

尽管又累又饿，我还是向着有母亲和姐姐等着我的家缓缓地跑动。太吉又掏出一把全脂奶粉，塞进小丑一样白花花的嘴里，慢慢地跟在我后面。

三 上帝也受不了

　　不知道谁先起的头，但一部分孩子们还非常积极地去天主教堂，不亚于去基督教堂。在那里，孩子们拿到的是黄色的玉米面粉，而不是全脂奶粉，而且一次还是两瓢……我对那个很动心，因为我想那是至少能让我家三口人挺两天的量。

　　在实用性方面也如此。我们的胃没有能力消化好全脂奶粉，不管干吃还是用热水冲着喝，都一样。好不容易赶走饥饿，胃马上就剧烈翻腾。慌忙地出入三四次那为万人而存在的最小空间，到最后，连腿都很难挪动。所以，奶粉始终只效力于我们的嘴。

　　比起那个，玉米面粉更实际。烹饪方法也有很多种，熬稀了就喝粥，熬稠了等散了热就是凉粉。有人做成黄灿灿的筋筋道道的打糕，还有人细研精磨炒米面。除了有一点气味，作为我们的一日三餐还是当之无愧的。

天主教堂比较远。因为在城里的中心地带,要想跟那里结缘,不得不经过几条繁华的街道。这是让我犹豫的第一个原因。我到现在还是一个害怕城市街道的乡巴佬。更何况,我对转到那所避难学校的第一天惨遭暴揍的事仍记忆犹新。即使夹在一群孩子中间一起前去,也摆脱不了不安。我觉得街上到处隐藏着陷阱。这不像走在战后的城市,更像走在遍地恐龙的中生代草原。

可是我抵触去天主教堂的最大的原因在于心理上,也就是说,我觉得同时跟基督教堂与天主教堂双方进行交易有点不妥当。不是仪式或教义的问题,我没有分辨那些的能力。坦白地说,无论如何我对那些也不感兴趣。我感兴趣的是少量的全脂奶粉,或者两瓢黄色的玉米面粉。当然,不管基督教堂还是大主教堂,哪一方都没有以给予那些东西为代价强求我们信仰他们的宗教的权力。尽管这样,我也认为要有最起码的良知。即使那里不是教堂而是另一种宗教,情况也同样。对我来说,同时跟两个教会来往也是该被指责的行为。

由于这些想法令我很为难,因此我去天主教堂的第一天感到很胆怯。遇见的每一双眼睛都像是能看穿我卑劣的行为。再加上等候的队伍很长,进行缓慢,不仅有孩子、身材高挑的大姑娘和带孩子的妇女,还有很多上了岁数的老奶奶,这更令我感到羞愧,低头排队等着。我决定从今以后与基督教会断绝关系。尽管很舍不得放弃奶粉，但我觉得这么一来，至少能堂堂正正地领取玉米面粉。

这时，疲惫无聊地站在前面东张西望的太吉突然说：

"喂，看那儿。那小丫头也来这了？"

我顺着太吉指的方向望去，果然是她。有一次在村子的营帐教会里因发病使我们惊慌的那个小女孩就站在那。从"父亲的白布袋"里出来的她仍然脸色苍白、目光倦怠。

"她父亲不是基督教会的执事吗？"

太吉又悄悄地说道。我并没有回答。在那长长的队伍中，小女孩的身子看上去就像一张窗户纸那么薄，如果捏一下就得出褶。

太吉非常高兴。和我一样，他也是第一次来。我的喜悦并不亚于他。扛在肩上的仅有两瓢的重量使我的心感到那么充实，如果没有特殊情况，再过一周还会得到粮食，然后，再过一周也会一样。我突然有种成了富翁的心情，紧紧地跟随着其他孩子们。经过繁华区的十字路口时，我不再像上次那样畏首畏尾了。路人投来好奇的目光。但我想，没必要感到羞愧，甚至还决定下周把姐姐也带上。之前的那个小女孩默默地跟在我们后面。不管她父亲信仰的上帝，还是我们新发现的上帝，其实都差不多，这多少有些模糊而又缺乏自信，但想到小女孩的立场，我大概下了这样的结论。

但我寄望于天主教堂太早了些,不,是有点太迟了。虽然一周只有两瓢玉米面粉,但除了我们,其他需要的人也蜂拥而来。我第三次去的时候,情况已经改变了。那可能是不得已之计。教堂院子里安置了三四个铁皮油桶大小的铁锅,煮着一大锅一大锅的稀黄的玉米面粥。

从那天开始,我们领到的是两瓢左右的玉米面粥。理所当然,水壶、平锅和水桶等代替了布袋或水泥纸套。我绝不会忘记每当我们这群人一人一个拿着那些东西经过繁华区的时候,路人投来的奇怪目光和笑容。不带姐姐来果然是件好事,我夹在孩子堆里默默地迈开脚步,顶多徒劳地重复着那想法。

"上帝也受不了……"

我们之中的大孩子咻咻地笑着说。

"说不定他的兜不久也得见底。"

孩子们哄然大笑,我想起记录在马太福音里的种种奇迹,但始终什么也没有发生。

四 公　园

　　出门走十分钟左右就能到达公园。那是城里唯一的一个公园。那里有射箭场、两座旧亭子（虽然已经倒塌），还有一部分遗留下来的旧土城。此外，还有一个小湖和一个当地诗人的诗碑。

　　但是要称其为公园，那地方又是个不毛之地，树木矮小，湖水发臭。草坪受到了致命的破坏，就算生命力再怎么顽强也不可能恢复原状。光秃秃的丘陵丑陋地袒露着山崩后的大小疮痍。这个地方在过去的战争中，曾容纳比这座城市人口数目还要多的难民。哪怕是一阶石梯、一棵树木，也留着过往岁月的烙痕。

　　阳光倾注大地。现在想来，那时已是深秋。以前还那么多的蜻蜓也少了，已对捉蜻蜓感到索然无味的我，经常来逛这个公园。这里非常适合打发掉空虚的一天。无所事事的，连衣兜也空空的人们在那里就像到处都扔着的废纸。我东张西望地看着棋盘残局、轮盘、跳房子，还有斗殴场之类的，消磨这百无聊赖又饥肠辘辘的光阴。

一个女人总是坐在公园入口的第一阶石梯上。据我所知，她几乎一次也没换过位置。用毛巾端庄地围着发髻的模样也始终如一。包括铺在地上的旧报纸上列着三四个一堆的疤痕累累的苹果，还有等待客人的她那波澜不惊的目光也从没改变过，她就一直以同一种方式摆地摊。

可单单就这些的话，我不会注意到她。像她那样摆地摊的小贩到处都是。我之所以无法视而不见地走过，是因为她那奇特的习惯。

一眼就看得出她的商品极差，如果在产地，那些早就被丢进猪圈里了。全是满身擦斑、烂得厉害的苹果。虽说便宜没好货，又是便宜货也不多见的时期，可把那种东西作为商品，谁都会觉得脸上发烧。

但她神色自若，坦然地把这些弃多于取的苹果按四五个一堆摆在旧报纸上，还带着一张缺心眼的脸在那木呵呵地坐着。虽然已经过季，但还有牛蝇和苍蝇盘旋在地摊周围，烂苹果对它们来说是无与伦比的饕餮盛宴吧。可她也不哄赶拼命飞扑而来的飞虫，像是为它们摆地摊似的。她对此置之不理，真是阔绰的施舍。

说来也是，来光顾的客人只有那些飞虫。我几乎没看到有谁从那买过苹果,哪怕是一个。偶尔徘徊在地摊周围的人最后也都带着怪异的表情转身走掉。她一点也不觉得可惜,每一次都只是面容沉静,缺心眼似的置之一笑。

她那怪癖是在此之后出现的。这段时间像一直忘却了似的,她忽然拿过苹果。然后,专挑苍蝇和牛蝇流连忘返的部分,用竹筷子那样干瘦细长的手指抠出来斯文地送到嘴边,像吃零食的小孩子,舍不得一下子吃完,一点一点地……把烂掉的部分抠掉。吃完以后她随即换了另一个。

我不知道为什么会从她的身上联想到母亲。落在公园里的阳光黯淡,却像我空瘪的胃一样没着没落。一样是秋天的阳光,流落在我们村子里的却黯然失色。

我没等日落就慢腾腾地踏上了归途,在狭窄泥泞的木板村胡同里,看见散落开的阳光像挂着的破尿布。我的脑海里突然浮现出那个连垫在屁股底下的一张旧报纸也整齐地叠起顶在头上向某处匆匆走远的女人。我想象着塞满烂苹果块的胃脏,觉得她至少能免受饥饿。此时才想起这被蚀骨的饥饿所困扰的一天如此漫长。

五 一个烂苹果

　　并不能说村子里的所有人都贫穷。旧货商老郭、在老外市场摆摊的老韩、妻子做美汇兑换的崔班长家都是出名的有钱人。我不能肯定他们是否真的在柜子一样的屋子角落里藏了大把的钱,但村子里的人都这么看。在我看来,能进入此列的人还有几个,比如,原爆症[①]患者老金。

　　老金是二战受害者,身高八尺,眼睛又大又圆,据说他曾经出入三四个国家的国境(包括自己的祖国),就像进出自家门一样,但不幸的是,在那个疾风怒涛般激情迸发的最后时期,他暂时的栖身地正是广岛(或者,也有可能是长崎)。噩梦般的那一年八月六日(或者是三天后的九日),一大早就天气晴朗,天上高高地挂着银色的飞行物体,是 B29。B29 从尾部喷出的烟雾在空中划下一条美丽的白线。难以置信那是

---

①　由原子弹爆炸而引发的病症。

战时的天空,简直是一幅清新秀美的画。据老金说,他突然想到了故乡,想到了因为放丢风筝而沮丧的童年时光。之前谁都没经历过的,刺眼的光芒和震耳的声音就在刹那间将那幅画撕扯粉碎。

当睁开眼睛的时候——他重复说了好几遍——永远也站不起来的预感刺穿心房。不幸的是,那个预感是正确的。所以,如今他只能把那个癌症一样的终身残疾埋在心底躺着过日子。偶尔,瞥一眼他的房子,就能看见他始终高高地枕着枕头,沉睡般安静地躺着。他在梦中也常经历可怕的事,我们偶尔能听到老金的尖叫。对于他,战争永无止境。有时,大白天也有 B29 的银色翅膀飞过他那像箱子一样的屋顶上。这么算来,已经有相当于第七十乘以七十次的原子弹爆炸把他那小小的宇宙再度摧毁。

"这该死的世界!好,是你硬,还是我硬,走着瞧……"

台风般的噩梦过后,老金总是念叨这一句。有时也有气无力地哼唱奇奇怪怪的歌。一到那时,我就能感觉得到,死亡正开始从他的脚底向心脏缓缓推进。

"那么,广岛会重新回来的……"

支持伤残人士老金生活的不是战胜国美国,也不是战败国日本,当然,更不是他穷苦困乏的祖国。老金有个感情深厚的弟弟。他弟弟横渡重洋,白手起家,之后在日本以成功企业家而闻名。后来，是他接济了被疯狂的战争摧垮的哥哥的余生。所以，老金是村子里有名的富人之一，总是有远大于支出数目的钱漂洋过海而来，所以邻居们都羡慕地说他的枕头只能越来越高。就因为羡慕他有这样的弟弟，人们都到了连被原子弹炸的事也羡慕的地步。

"哎呀，要是能躺着过日子，别说是原子弹，就是原子弹的爷爷，我也乐不得呢。"

这是邻居们经常胡扯的浑话，也是一种对讨生活的艰辛更甚于对原子弹的恐惧而发的牢骚。可以说我对这句话有那么一点认同。虽然处于除了品味和消化之外甚至包括吃喝拉撒都要依赖于妻子的一双手的地步，可老金始终没断过零嘴，从糖球到仙贝饼干，从干鱿鱼腿到一升量的瓶装清酒。连他家那些孩子的嘴里也几乎整天地含着东西，我更深刻地感到了悲哀。

村里人常常拿老金家的几个孩子开玩笑说，老金该干的事还是照样能干啊。他们说算算孩子们的年龄，还真是费解。有人在他妻子像男人那么大方的性格上追根究底，还有人企图在科学技术的领域里论证其可能性，对这毫无意义的事探讨不休。

旧货商老郭和勤快的崔班长经常到老金家串门，是他最亲近的邻居。他俩是老金贴心的酒友，是知己。在外面听到

他们相处时吵吵闹闹的动静的人，都有一种连老金也能拍拍
身子站起来像正常人一样活动的错觉。我曾听到他们之间
你一句我一句地闲扯。

"实话实说吧，床上的事谁来呀？"是以调侃著称的老郭
的嗓音。

"我很纳闷啊。有什么妙方吗？"

一阵短暂的笑声过后，出声的分明是老金夫人。

"怎么？难道以为我花钱雇人陪啊？"

从屋子里传出狂风骤雨般的毫不掩饰的爽朗笑声，笑得
声音最大又最畅快的就是老金夫妻俩。尤其是老金豪爽的
大笑给人留下的印象太深刻了，我似乎有那么一刹那看到了
他年轻时豪放不羁的样子。

"他是不是想揽活啊……"老金笑道。一直在笑的崔班
长接过话茬：

"看来他最近生意不景气啊。"

就这样又一次笑开了花。所以，原爆症患者老金，至少
并不寂寞。即使他的宇宙只是像箱子那么大的屋子，况且，
在两三平左右的那个房子里，行动半径几乎等同于零，老金
的日子依然透着他特有的豁达和满足。

比起他，我母亲的宇宙是多么的破败而寂寞啊。她的枕
边什么也没有，除了空空的水碗。我静静地坐在她旁边。虽

然已经卧病在床三个月了,可母亲从未这样动也不动地卧床不起过。她几乎什么都不需要,只是偶尔要点水。似乎,她自己一旦拍拍身站起来就意味着放弃了对父亲的等待。母亲在没有父亲的那年秋天一直躺着打发时光。

老金夫人来到我们家,带着一个穿白大褂的男人。

"来,起来坐一下。"

她扶起母亲,不容分说。

"我一看躺着的人心里就有火……"

穿白大褂的男人是医生,他每个月给老金做一次检查。我敢说他一定是来做家诊时让老金夫人推过来的。

"到底是哪儿的毛病,做个检查吧。整天这么耗着怎么行?"

像哄倔强的孩子似的,老金夫人这么和母亲说。穿白大褂的男人打开包之前,简单地环顾了一下屋子,他是个有着和女人一样细嫩白皙的皮肤的男人。我武断地认定医生都是那种面孔和皮肤的,我觉得即使他没穿白大褂,没带黑色的出诊包,我也能一下就猜出他的身份。

母亲特别害羞。当然,据我所知这是母亲接受的第一次也是最后一次检查。

结果大大出乎我们的所料,老金夫人觉得太荒唐了,后来还扑哧地笑出声来。但作为当事人的母亲却很平静,只是脸红了一下，一点也没有惊慌的样子。

"问题在于孕妇的身体太虚弱。"

医生说道。

"这么下去很难确保正常分娩，可是堕胎已经晚了，健康状况是个问题。胎儿越大，母体负担也就越大，要做好充分的心理准备，无论如何都要打起精神……"

老金夫人和医生走了之后，我们的屋子似乎比之前更加空洞了。母亲躺回自己的位置，姐姐和我静静地守在她的枕边。箱子一样的屋子里渐渐地布满黑暗，但我们没有点灯。母亲面向着墙，姐姐默默地看着地面，我怎么也猜不出她在想什么想得那么认真。黑暗中，我也能清晰地感到她嘴角偶尔露出的浅笑。

我脑子里混沌一片，一时之间毫无头绪。老金和他的原爆症的故事，以及关于他夫人和几个孩子的讨论，还有现在不在身边的父亲和母亲的身孕，我想着这一切一切，头都要炸了，还是没有一个明确的结论。我又想到了有着和女人一样细嫩白皙的皮肤的医生，记起了他留下的话。

正当那时，老金夫人又走了过来，她说给孩子们叫了炸酱面外卖，便把其中一碗送到我们家。母亲碍于情面，勉强地吃了几口。姐姐和我头顶着头，狼吞虎咽地吃着剩下的面，我突然想到了在公园见过的那女人，想到了烂苹果。我不知道自己为什么产生这样的想法。因为塞了一嘴吃的，我噎着了。水！的确，母亲除了喝水几乎从不进食。尽管如此，她的肚子里居然怀着像烂苹果一样的玩意……我打嗝打得很厉害。

六 "豆腐胚子"

　　她看上去比姐姐大两岁左右。我记不清她的名字是英子还是贞子,只记得她高壮的身体和营养状况不错的皮肤。要是不考虑块头和年龄,她的身段放在哪也都是毫不逊色的优等儿。

　　都说是托了豆腐的福。豆腐是我们所知的最好的营养食品,仅次于鸡蛋和鲸鱼肉。我们想不出比它还优质的食品。虽然不知这有多少根据,但我们都认为李承晚总统由于忧虑因战争后遗症而处于营养不良状态下的绝大部分国民的健康从而大力提倡推广普及的食品就是豆腐。

　　这是多么幸福的事啊。她父亲经营着村子里唯一的豆腐作坊。虽然是小规模的家族产业,但产量总不至于少得连家中独女的嘴也要受限制。偶尔向她家里瞄一眼,就看得到在冬雾一样弥漫的水汽中,她父亲和四个成年的哥哥汗流浃背地认真地推着石磨,大大的水缸里装满了已经做好的豆腐。在过去的战争中,她被夺去了一个哥哥,又有一个哥哥失去了一条腿。尽管那样,在我们木板村里她仍属于幸福人群之列。不说别的,单单从堆在她身边的豆腐板数目之多就可以看出这一点。她的健康状况这么好,而且有像豆腐似的柔嫩白皙的皮肤也是理所当然的事。所以,我们经常叫她"豆腐胚子"。

豆腐胚子是姐姐的朋友,或许姐姐是豆腐胚子的朋友也说不定。虽然不知道哪一边先提出做朋友,很明显的一点是对于姐姐来说,她是唯一的朋友。豆腐胚子的情况不一样。除了姐姐以外,她还有不少其他朋友。而且据我所知,她也交往了不少男性朋友。我觉得年龄和健康,特别是不错的家境能让她大胆开放地交友。从这些方面来说,姐姐只不过是豆腐胚子为数众多的朋友之一。

姐姐回来时已是深夜,这是以前从未有过的事。母亲并不表态,就像个空瘪的袋子在那躺着。所以,等姐姐回家注定是只属于我一个人的事。尽管非常孤单而且无聊,但我仍然打定了主意要一直等下去。因为我想,如果姐姐是和豆腐胚子一起出去的,那么对我来说等待就是有意义的。

我很累,但等待的结果还是有意义的。像是要证明到现在为止,在哪里,做了什么,姐姐小心翼翼地把带回来的东西在炕上摊开。毫无疑问,姐姐到这么晚一直是跟豆腐胚子一起在她们家。即便是母亲又能追究什么呢？摆在碟里的一块豆腐和不少豆腐渣直截了当地说明着姐姐的清白。

我太不懂事了，差点就像看到丰盛餐桌的孩子一样欢呼起来。一直像只空布袋一样躺着的母亲静静地坐起身子，然后挡下蠢蠢欲动的我，只说了一句话：

"把那个扔出去……"

我睡不着。我再度领悟到哪怕是为了睡个好觉，人也不能空着肚子。转头看向旁边，姐姐睁着的眼睛在黑暗中也能被清清楚楚地看到，她的面容因为思虑而沉寂如水。

我把嘴巴贴到她耳边，努起来，低低地问：

"姐姐真的一直在他们家待着吗？"

黑暗中，姐姐悄悄点了点头。

"姐姐觉得豆腐胚子会是良友吗？"

这一次，姐姐没有回答。

顿了一会儿，我又问：

"明天还去吗？"

"不……"

她肯定地说，

"因为妈妈不会让的……"

睡意姗姗来迟。我们好一阵子就无所事事地对望着彼此的脸干躺着。邻居们疲乏的轻鼾声推翻了木板墙壁，排山倒海而来。

　　第二天一早，豆腐胚子带了一个陌生的女人来到我们家。我一下子就猜出了那陌生女人是什么人。她是豆腐胚子的母亲，尽管稍显臃肿，却是个拥有着不亚于女儿那样柔嫩白皙的皮肤的太太。没别的，就是托了豆腐的福气……当她们娘俩踏进我们狭小的屋子里坐下来的时候，我那么想了一下。有一种屋子被塞得满满当当的感觉。

　　因为是初次见面的客人，母亲不得不勉强坐起来，但脸色既苍白又冷漠。我总担心会让难得来访的客人扫兴而归。姐姐好像和我有同样的担心，她望向两位母亲的眼中流露出不安。

　　幸好，两位母亲的交谈很快就结束了。豆腐胚子的母亲同她给人的印象一样爽脆，而我母亲也根本无需考虑，所以两人的交谈果然直白又简洁。具体点说是这么回事。豆腐胚子的母亲向我家提出把闺女托付到他们家，我母亲回答说这样的问题连想都不愿意想。还有并不是想抢走别人家的宝贝闺女和好好考虑考虑的游说之语，而回答说就算是吃土也绝不做那种交易。交谈的语调大致如此，很难有望达成协定。不知不觉，他们的言语间就扎了锐刺、结了冰碴。

　　"这可不是因为我们家日子过得有富余就把这种话随便说，所以请你不要介意。都是这孩子太文静所以我打心眼里

喜欢,心里有了打算才这么说的。生养了儿子的妈妈,心里
不都那样吗?"

最后,豆腐胚子的母亲用硬邦邦的语调那样说道。像气
恼我母亲的愚蠢似的,这种话竟能张嘴就说:

"就算是父母和子女关系,首先得让他们吃饱穿暖才称
得上是父母,是子女啊……好好寻思寻思吧。与其这么让她
挨饿,不如想着就算是作为童养媳托付给我们家,你们也
不亏。"

对于这些连我小小的心也或多或少感到了侮辱的话语,
母亲却缄默不语。只有姐姐涨红了脸。豆腐胚子一直笑着,
对话题往哪个方向流去一副不甚关心的样子。不是,由于那
从容不迫的态度,我甚至怀疑姐姐和她们之间是否达成了某
种契约。

她们走了之后,我想着豆腐胚子的四个哥哥,想到他们
其中之一有可能是我未来的姐夫,心里说不清是什么滋味。
但这个问题很明显不是我能干预的。但愿别是个缺腿的
姐夫。

七 外婆家

一大早开始,母亲就起床了。这是意想不到的事。那正是姐姐和我所迫切希望的,由此反而感到惴惴不安,怀疑是不是有什么地方不对劲。

母亲先把屋里屋外整理得干干净净。然后,把头发卷起来弄了一个漂亮的发髻。不像是个久病不起的病人刚刚从病榻上起来的那样,她的动作既利索又很安静。

母亲在炕上放着的柜子前,犹豫了片刻。虽然有点旧,但漆得很好的那个小小的衣柜里,整整齐齐地叠放着我们一家人四季的衣服。由于连一个衿、一处袖口也丝毫没有凌乱,我仿佛感到打开柜子就看到了母亲的心性。

那是个连晌午的阳光也觉得凉飕飕的季节。我想母亲在检查我们冬天穿的衣服。翻遍柜子里的每一个角落,母亲拿出来几套衣服。然后,苦想了一会儿终于挑了其中的一套穿上。那是我们一家人在搬到这可笑的城市之前,母亲每次

去每五天开市的邑里集市的时候爱穿的缎子韩服。当母亲
穿着淡蓝色的那套韩服站起来时,我感到一种模糊的悲伤。
同时,也能感觉到,母亲的身体状况确实比我们想象的更
严重。

"跟我走。"

母亲用低沉的声音跟我说道。早晨的阳光照射着狭窄
的木板村胡同。

到达外婆家是中午时候。母亲显得十分疲惫。下了公
共汽车还走了两个小时,十来里的路。田地里有的已经开始
秋收了。映入眼帘的所有风景都给人一种丰收的感觉。不
知道母亲是什么心情。母亲频频驻足,每次都把茫然的目光
投向秋天的田地。

确切地说,那里是舅舅的家。那个舅舅是母亲同父异母
的其中一个弟弟。除了因战争失去了一只胳膊之外,我对他
一无所知。如果没有战争,而且他是健全人的话,我连有那
样的舅舅也不会知道。

他给人的第一印象并不太好,是一种冷冰冰又心惊胆战
的感觉,就像面对生了红色的铁锈、小零件虽然坏了但依然
拥有它原有性能的枪支时一样。他分明是个平时沉默寡言
的男人。面对第一次见面的外甥几乎一句话也没说。在那
里停留的三四个小时的时间里,他吐出的话也只不过三四句

而已,而且都是埋怨我父亲无能的内容。

"在这种时局里,以为残疾人特别受照顾吗?以为我得了什么勋章吗?以这副模样徘徊在市场的时候也没有谁关心过。连我这样的也这么挺着过日子,更何况身为四肢健全的男人,做出来的事怎么竟然是搬运赃物而被戴手铐了呢?"

母亲一次也没答话,缩成一团,低着头坐下来只是静静地听着。我想她从一出门就下定了决心。梳理好的发髻和整齐的发线,似乎在明确地表示无论什么样的侮辱,也绝不动摇。

虽然如此,我还是觉得很不愉快。母亲为什么偏要来找这么没劲的舅舅,何况勉强地拖着不健康的身子。我一个劲儿去扯母亲的裙角。

回到家时夜已很深。因为太累,我们直接躺下睡了。好不容易看见许久不见的白白的大米饭还能大饱口福,是第二天早上的事了。一家三口围着矮脚桌坐下时,我想到了昨天见过的舅舅的脸。像不经意间看到了生锈的枪械一样,仍然是使人不快的印象。但我想只要有这样的补偿再见一面也无妨。狼吞虎咽地吃完自己的那份以后,我劲头十足地冲向外面,觉得今天也许会发生愉快的事。胡同里有很多孩子,他们有着比平时任何时候都干净的脸和衣着打扮。几个男孩大声放鞭炮,女孩们又拿来搓衣板玩跳跳板。

　　我有点愣了,不知为什么,没能立刻混进他们当中。像是勾起了某种回忆,非常愉快而又难以忘怀的记忆……

　　不知什么时候站在我身后的姐姐,用低低的悲伤的声音说道:

　　"今天是中秋节……"

　　我这才对今天胡同里的风景有所理解,呆呆地点了一下头。有种要做某种兴高采烈的事却连开始都没来得及就被狠狠地制止的感觉。

八 探 视

忘了是槿花牌还是熊牌，我只记得那种带点红又有点黑的颜色看起来，质量并不好的。总之崔班长拎着那样一袋面粉，来到了我们家。多少有点晚，但说是为了过去的中秋，当局免费发给特困户的救济粮。而事实是否如此，我们一点也不清楚。

可是崔班长来找我们不只是为了这些。他是以关心村子里的事而出名的好班长。他上学的时候，当过乒乓球选手，在各种市级比赛或道级比赛中有过几次获奖经历。热衷于兑换外汇的夫人个子远远高过平均值，而他则是个虽然有着一副长相不错的面孔，可身材却十分矮小的男人。以邻居老郭的比喻，就是锅盖和落在上面的苍蝇那样的夫妇俩。

"再怎么冲动的状况，崔兄也千万不能被压在下面。我总担心让我带着悼仪金过来。"

老郭经常说这些话逗乐。

　　多亏了如同锅盖的妻子,崔班长就像五六月里的牛蝇一样清闲。但他并没有浪费那么清闲的时间,为了村里的人和邻居,他总是忙里忙外。人们都说,仅仅凭他之前作出的贡献,也足够以木板村全体居民的名义给他立一座颂德碑。

　　他拍着沾了白面粉的手,跟我母亲说道:"我想去一趟那儿。不久哥就会被判刑,要有移动,那样的话去看一次也不容易。说不定这是最后一次探视,要不大嫂也一起去吧?"

　　直觉上,我一下就明白了是什么事。母亲并没有任何回答,只是深深地垂着病容满布的脸。

　　于是,崔班长又说道:

　　"不是,千万不要太勉强了,那样对彼此来说也不是什么好事。这次还是我一个人去吧。"

　　母亲仍然没有说话,只是把头垂得更深。我突然产生某种莫名急切的心情。我想只能是因为这么一个原因,慌忙转身的崔班长就把目光停在我身上了,仿佛一支灼热的箭射在我的胸口。

　　崔班长又跟母亲说道:"我带这孩子去一趟怎么样?"

　　这时,我才知道,我所渴望的是什么。我焦急地盯着母亲的嘴,仍然没说任何话,但我们完全能够理解母亲的意思。我毫不犹豫地跟着崔班长上路了。

　　拘留所在法院和市政府之间,到达那个地方以后才发现用了不到一个小时的时间。真的做梦也没想到父亲跟我近在咫尺。我有种被蒙在鼓里过日子的感觉。我是多么的愚蠢呀,距离那么近,我却以为父亲被赶到永远也回不来的遥远的地方。我后悔没能早点来看望他。

但是为了能见到父亲得等两个多小时。在那无聊的时间里,我一直坐在等候室的木凳上。要不是阴郁又沉重的气氛,那里的风景像个小火车站的候车室。在那里,除了我们还有很多人。从他们的脸上我能看出多于等待的绝望,觉得他们等候的车已经过站或最终也不会到达了。

拘留所大概是很久之前建立的。在此之前,我在我们城里从没见到过那样破旧而又忧伤的建筑。我看到了没有门的墙壁和灰色的房顶以及一小块的天空。被幽禁的感觉重重地压在胸膛。我怎么也不能相信在那种地方人也能呼吸、行动、被饲养着。更何况,我无法想象我的父亲一直在那里不为人知地生活着。无聊的等待之后终于能探视了。父亲并没有太大的变化,除了肆意生出来的胡须和形状奇怪的囚服,几乎就是平时的模样。他跟推着旧自行车回到我们狭窄的木板村胡同的时候没什么两样,我面对着父亲的面孔,一下子身体就软了不少,感觉他会向紧绷绷的我吐舌头。

当然,父亲并没有做出那种动作。别说吐舌头,连摆出一副难为情的样子都没有。站在把探视室分为两个部分的铁栏跟前,父亲保持着挺不自然的站姿和笑容。如果我能在父亲身上找出什么地方有所变化,那就是与以往不同的笑容。从某种角度看来那种笑有点荒唐甚至是傻乎乎的,探视结束回到家很长时间以后我也久久难忘。也许父亲怎么也不能相信他自己被监禁的生活是真实的。

　　在探视室外边狭窄的院子里,一群鸽子在啄着茂盛的杂草。离我们三四步远的距离,走过一对老夫妇,那走路的姿势像风一样的轻飘飘。

　　我突然听到了城市里的噪音,那挤进封闭空间里的噪音给人一种异常疏离的感觉。人们闹哄哄的声音和机动车的鸣笛声,还有除此之外的各种各样的声音打湿了我空荡荡的心房。我想到了母亲,想到了姐姐,突然想念起那些面孔,而不是父亲。

九 小 秋 收

一大早去胡同里就看见下了白色的霜冻。有时,如同刀刃的霜在夜间更加放肆。冬天渐渐扑向我们的城市,扑向一无所有的村子。

我们踏着满地白霜走出村子。那时晨光是一天中最鲜艳的色彩。不只是村子里的胡同,还有用油毡纸和罐头盒以及马粪纸做的层层补丁的房顶像被一群银色的鱼覆盖着似的,显得格外耀眼。小巧闪烁的结晶在我们的脚底下被碾得粉碎。像针、像小柱子、像木板、像杯子形状的那些干净的霜给人一种愉快的感觉。于是,我们就如同看着皮肤上长出鸡皮疙瘩一样,无比清晰地觉察到了这季节的变幻。

早市基本上已经结束了。那些从附近郊区的农场载来的所有水果和蔬菜经过几次交易最终转到了零售商手里。市场街道方才还堆满了水果和蔬菜,如今这些谷堆般的东西被分着装到自行车、三轮车和小木盆里向城市的各个街道疏散了。一大早的批发市场迎来了像退潮似的收摊。等到连在腰上围着厚厚的钱袋的货主也拍拍手去找小饭馆吃汤饭时,我们的工作就开始了。

我们的行当被称为城市里的小秋收。如同在结束秋收的农田里捡拾被遗落的谷穗,我们在交易结束的市场里找寻着那些青菜。当然,不能期待像样的收获。但在交货量多,而且运气好的时候,虽然是带着疤癞的或是烂的青菜,也能差不多捡到两三贯[①]。这当然是我和姐姐加起来的分量。但这种情况很少见,我们平时的成果还是很不起眼的。

市场胡同并不太长,再怎么拥挤的时候,也只要十分钟就能走完。我们一般用两个小时,有时三四个小时泡在那里,而且还像饥饿的田鼠一样成群地结成帮派。

“看那些魔鬼般的家伙们四处乱窜,看来今天的早市已经收摊了……”

偶尔迟来一步的商人们无奈之下空手而归时总是用那种方式抱怨。

我们一行人自然地分成了帮派。于是,从市场道路的两端开始各自搜寻。出于战略上的考虑,姐姐和我也分开了。姐姐从入口处开始向市场里边走过来,我从相反的方向往入

----

① 重量单位,一贯大约是 3.75 千克。

口处走过去。大约一小时之后,姐姐和我自然在市场道路中间相遇。与往常一样,我迅速地检查了姐姐的篮筐。里边装着鸟蛋大小的二十来个土豆和一点卷心菜的外层叶子。我想照那样已是超过平均值的所得。相比之下,我这边并不实在,因为硬塞满一袋子的只有萝卜叶而已。

"论量还是你远远比我多。"

姐姐擦着鼻梁上的汗跟我说道。我不好意思地笑了。

"咱们最好还是回家吧。"

姐姐走在前面说道。

"大伙儿翻得太厉害了,市场地上都变得干干净净了……"

我默默地跟在姐姐的后面。市场地上哪里是干净,倒由于我们到处翻弄垃圾,显得更加脏乱了。回收那些垃圾的人也就只有清洁工而已。那是连最后一块人能吃的东西我们也细细地挑走之后的残留。

"从明天开始咱们不要出来了。"

突然,姐姐说道。

"那是为什么?"

"没什么……只是觉得那样更好。"

在市场入口附近,我们当中的几个家伙在唏嘘着。看他们表情的那一瞬间,我立即断定发生了什么不好的事。眼前立刻出现了围着袖箍的一个市场管理员揪着我们当中一个家伙的衣领的情景。

"听说那臭小子偷了什么东西。"

一个家伙赶忙跟我悄悄说道。那声音因奇妙的兴奋而颤抖着。我的心一下就变凉了。

"挨打之前把那些全都倒出来！"

管理员放开手催促道。好像是意识到了再也没有逃脱的余地，那家伙终于把袋子里的东西全都倒在地上，从里面滚出几个又新鲜、颜色又好的萝卜。

"那臭小子！我早就料到了。昨天也偷了两个角瓜……"

跟我窃窃私语的家伙用气愤的声音嘀咕着。

我们也受到了那个管理员的调查。结果更让管理员生气，因为其他人也犯了同样的错误。我认为那没什么大不了，而且相信有的人是被冤枉的。但是即使是一个水果、一棵青菜，我们也丝毫没有辩解的余地。在早上的小秋收里有了小小幸运的人，理所当然挨了那个管理员的一顿耳光。

但是最令我们感到丢人和受辱的并不是所犯的错误，或是挨耳光的事，倒是觉得在众目睽睽之下，倒在地上的我们的所得物太寒酸了。为了得到那么不起眼的东西我们每天早晨都睡不好觉，想到这些我感到非常羞耻。

姐姐慌忙地捡起倒在地上的东西，像被什么追赶似的手忙脚乱。我呆呆地望着姐姐冻裂的红红的手，在那手背上落下两滴像雨水般的液滴。

　　我抬头看了看天空。早晨的阳光染黄了城市里的天空。

✚ 蚕　蛹

姑姑来我家拜访了。她是搬家以来,第一位来拜访的亲戚。

我遇见姑姑是在胡同口,那是太阳正缓缓落山的时候,而且,也是最深深地感到饥饿的时候。出于经验,我非常清楚只要熬过这一阵就会更容易忍受些。轻微的眩晕感将会代替饥饿遗留下来。我会把一碗凉水倒进空空的胃里,于是那种眩晕感就会消失。胃越空,脑子就变得越清醒……

没有特殊的情况,我会保持清醒的意识进入睡眠。怎么能想象得到姑姑的突然访问呢?

她出现在我面前,那时我正背靠木板墙缩成一团坐着晒太阳。慢慢地,我抬头看着那个打扰了我的人。

"是允儿呀。"

她低头看着我说道。

"你不认得我了吗?"

是有点眼熟，我心想。如同干柴一样瘦削的脸，又长又尖的鼻子，那无疑是男人的鼻子，不，是我父亲的鼻子。

我这才认出姑姑来。比别人更早地嫁人、比别人更早地失去丈夫的她是众多的战后遗孀之一。我记起他们在战乱之前的两三年举行的婚礼。虽然还能挺得住，但还是有种眩晕感伴随着那模糊的记忆。

我仿佛又看见从乡间小道和一条平原道路上蜂拥而来道喜的客人们。我们家宽敞的院子里帐篷随风舞动，整个村子都沉浸在婚礼喜庆的气氛中。奶奶给我灌了酒。"作为男人来到这个世上，哪怕不是海量，怎么也得能喝上一两杯才像样啊。"奶奶这样说，"像你父亲和爷爷那样连到麦田附近也犯晕可不行……"

一群人大笑，笑容比起婚宴的丰盛也毫不逊色。我大胆地咕咚咕咚喝下去，最后在草席上来回打滚地号哭。那天的眩晕，不是，那天的饱足感让我空空的肠子咣当起来。

不管怎样，姑姑就那么嫁人了。而且，就是在战争爆发的那年冬天她成了寡妇。那是在大部分同龄人都还留在家当姑娘的时候。

我静静地站起身来。腿窝酸痛。我无言地向我们如同木箱一样的屋子缓缓走去。

姐姐，还有母亲也是，没有人以高兴的面容欢迎她。姑姑可怜地受到了冷待。由于十分悲痛,她一进屋就放声大哭。随地坐在母亲的枕边,比失去自己丈夫的时候还要伤心地哭号。

母亲面向墙壁躺着,但是无法掩饰自己的悲伤。我看到她像耙子一样瘦弱的肩膀偶尔激烈地抖动。

还有,姐姐怎么可能若无其事呢?她把脸埋在姑姑弯曲的后背,哭声压抑。哭泣声不断,引得住在跟前的老金夫人光着脚闯进我家。

虽然鼻子酸酸的,而且横膈膜仿佛折断了似的梗在胸口,但是我却不能哭。哭意味着什么?那是把身体里边充满某种热气腾腾的东西吐出来的事,可我肚子里并不存在真正能吐出来的任何东西,所以不能责备我没有参与到她们的悲伤之中。

姑姑带来的几件礼物中最令我开心的是蚕蛹。那些褐色的虫子装在一个颇大的白铜饭盒里。啊,那小巧玲珑简直无可比拟……我好奇地看了看那滑溜溜的深褐色的身体,深而密的褶子,还有被压瘪的如同小小的年轮一样的条纹。

我一下子流了口水。怎么会专挑那么小巧玲珑,可口又精致的蚕蛹填满了整整一个饭盒带来呢。我突然感到姑姑特别伟大。

姑姑当天就回去了,留下了一张简略的地图。我们打算第二天中午去她的工厂。但实际上姐姐和我到那去比预期晚了一天。因为贪婪地暴食了姑姑那稀罕的礼物,两个人都坏肚子了。

那里是出奇庞大的生丝工厂。姑姑把姐姐和我带到粗纱机跟前。映入眼帘的所有东西都让我们觉得很新奇:仿佛用尺子量过似的整齐排列的机器和女工们;白铜平底锅大小的锅和缠着绢丝的线轴;有像花生的,也有像椭圆形、矩形、纺锤形等各种形状的蚕茧。没有一个是不新奇的。

姑姑从饭盒里拿出了咸盐。我们这才找回暂时忘却了的饥饿感。我们按着姑姑说的,开始小心翼翼地把锅里的蚕蛹夹起来吃。那些蚕蛹有着特别好的味道。刚从沸水中捞出来的那些褐色的虫子又热又软。再怎么昂贵的料理,我也想象不到会比这更好吃、营养更丰富的。姐姐和我立刻狼吞虎咽地吃起来。

临走时,带着装满蚕蛹的尼龙包和前天的那个白铜饭盒,我小声地跟姐姐说道:

"姐姐也在这种工厂里上班就好了,那样我们不就天天光吃蚕蛹也能过吗?"

即便是姐姐,在那一瞬间还能再想什么呢。她以盛满恳切希望的目光回头看了一眼,看见了呆立在门卫室前的姑姑。

十一 我们的晚餐

母亲的脸色越来越苍白和透明。不只是脸,露在被子外的手和脚腕也一样,没有一点血色,苍白的皮肤下隐约现出如同丝线般的静脉。

我想母亲的变化是理所当然的,丝毫不必惊讶。除了偶尔要求喝一两口水以外,母亲几乎什么也不吃。她的皮肤像蛇的表皮一样愈加透明,不也是必然的结果吗?

看着像死了似的面朝墙壁躺着的母亲,我经常沉浸在幻想之中,是非常耀眼的幻想,是个终于脱掉简陋的肉体,像蝴蝶,或像蜻蜓,透明地向阳光明媚的天空飞起来的幻想。

山坡上的基督教会那里再也得不到任何东西。自从步入冬天,那里的仓库就已经见底了。我们想念全脂奶粉那咯吱咯吱的口感和香甜浓郁的味道,每个周日都蜂拥而去,但每次都空手而归。

天主教堂的情况也同样。年底在那里得到了几件衣服,但也仅限于此。虽然很遗憾，但我们死心了，心想上帝终于也被掏空了。可那些衣服在过冬时帮了我们不少，这一点谁也不能否认。

虽然是别人穿过的，但至少还是为我们抵挡了一点寒冷。质量再怎么好的防寒服也无法抵挡发自体内的寒冷，由于空腹带来的寒冷实际上更残忍，但是穿上那些可以多少忍受得了体内的寒冷。

的确，只有一点点。而且，我们的信仰也以同样的程度保存了下来。

当然，也有例外。那个从白布袋里出来的少女是个典型。我们记得清清楚楚，她父亲在休战线那边就是虔诚的信徒。但先天多病的那个少女的情况却不一样，我敢断言。如果她有虔诚的信仰，也绝对不是从休战线那边就有的。因为她也和我们一样轮流来往于山坡上的基督教会和市里的天主教堂。少量的全脂奶粉和两瓢玉米面粉或是稀粥，她也是哪一个也没有放弃。

我坚信她有一个契机。她父亲在运输公司的仓库里拉手推车——确切地说，不是拉，而是推，因为那个手推车也不是他自己的——她父亲的腰严重受伤倒在了病床上正是那个契机。

以父亲所遭遇的不幸为契机，她的态度大变。好像自己的信仰是父亲的拐杖似的,她变得很笃定。每天凌晨,她都顶着大风去山坡上的那个基督教会,冬天也没有穿内衣。"信仰会使人忘记寒冷。"依然是脸色苍白和身体虚弱的她这样说道。

每当看到总是被慢性的饥饿感所困扰的孩子们的时候,她又这样说道:

"祈祷吧。虔诚的、诚心诚意的祈祷会让人忘记饥饿,你知道吗? 爸爸说过,'人们不该靠面包生活,而应该靠上帝的福音生活……'所以相信上帝是不会感到饥饿的。"

我完全可以想象得到那可怜的父女是用什么样的方式忍受着每天的饥饿。我想,不久连那身体虚弱的少女也会倒在她父亲身边。但令我惊讶的是,她坚持得很好。我并不知道他们的结局如何,但有一点可以确定,直到我们家离开那木板村为止,那个先天多病的少女仍然不屈不挠地顽强坚持着。

回想那张又小又苍白的面孔,绝对不会不伴随着痛苦。尤其是那双大大地睁开着的凹陷的双眼。在很久以后,我在混在比亚法拉难民之中的孩子们身上发现与她类似的眼神,实在令人惊讶。但那些眼神并不像那少女的眼神那样燃烧似的闪亮。

现在要表白。我一点点地被那少女吸引着:首先,是因为使我们所有人都受惊的那一次犯病；其次，是因为她病态的容貌；还有就是因为那感人的信仰。我小小的心渐渐地为她倾倒，不仅在教会或胡同，甚至就连在梦里也围绕在她的周围。

她的话也不完全是假的。有时，我光靠在脑海中勾勒那少女的脸庞就可以暂时忍受饥饿。当然，只是很短暂的。所以，她所说的光靠想着上帝并向他祈祷就可以忘掉饥饿的话，对于我来说多少也能理解。虽然并不太清楚，我还是下了这样的结论：比起那身体虚弱的少女，上帝更具效果。

非常饥饿的一个傍晚，我悄悄地走到山坡上的基督教会。还好我们儿童礼拜学校的营帐是空着的。虽然有点害羞，可更迫切的感情催促了我。那是一种痛苦，是身体饥饿的疼痛。我跪在地上把双手合在一起。

结果是令人羞愧的。倒不如向那个少女祈祷，结果也许更好。饿得像腰部被斩断了一样，我一会儿都坚持不了。我惭愧地、虚脱地逃了出来，浑身止不住地颤抖。由于抖得特别厉害，都冒出了黏糊糊的冷汗。我慢腾腾地走下狂风肆虐的山坡，也不确定是向什么人，我胡乱地挥舞着拳头。

"喝点水吧。"

姐姐表情平淡地说道。然后，递来放在母亲枕边的水碗。我喝了一口，觉得冰凉凉的，太阳穴里穿过一丝凉风。

甩甩头之后，我又喝了一口。这次能忍得住了。我感觉到沿着食道、向空空的胃里缓缓下渗的水流。很是爽快。

"即便是水，急着喝也会噎着。"

姐姐把水碗接过去。然后，慢慢地喝了一口。我重新接回来，像姐姐一样慢慢地、像品尝味道似的又喝了一口。

我想，比起那个少女，母亲更明智。水拥有所有的味道。不仅仅是味道。它很容易变幻成我能够想象到的几乎所有食物的颜色、形态和味道。都是幻想中丰盛的晚餐。

姐姐和我把被子层层缠在身上面对面坐着，轮流喝水，不是，是享受晚餐。然后沉浸在想象当中的饱足。随着饭后沉甸甸的困意，跌入睡梦中。

十二 囚　犯

我觉得自己已经撞上了一堵无法翻越的墙。那年入冬以来第一次寒流入侵，我只蜷身睡了一会儿，便在凌晨起身。一睁开眼睛，就看到了这堵墙，它隔断了我的视线坚固地矗立在那里。

再也不能逃避了，我这样对自己说。奇怪的是，我的心情异常沉静。原来是这么明明白白的，我在心里嘀咕着。能翻越这堵墙的路只有两条，应选择其中哪一条也已经明了。

我躺在炕上缓缓地环顾了屋子。如同箱子一样的屋子里除了地上，都结了一层白霜。母亲和姐姐分明还在睡梦中，像虾一样弓起后背沉浸在寒冷饥饿的睡梦中。

我悄悄地推门出来。第一场雪厚厚地覆盖了木板村。下雪的天，乞丐们通常坐在屋檐下缩成一团，抓获褴褛衣裳里的虱子，那情景让人觉得比夜里还要暖洋洋。

我从灶台里找出了不知从什么时候起漂泊在屋里的军

用饭盒。我估计这样的容量就足够了。我把皮帽子紧紧地罩在头上,走出家门。我并没打算一定要避开邻居们的视线,但是直到完全穿过积雪的木板村胡同也没遇到任何人。那当然是万幸的事,使我鼓起了不少勇气。

可是不能在回家的路上也期待这种侥幸。虽然纷纷扬扬下着的大雪没过脚踝,但那是木板村所有的居民都开始忙碌的时候。无可奈何地,我只能面对邻居们的面孔。连一群孩子们也在狭窄的胡同里尽情地打雪仗。

军用饭盒沉甸甸的。我没想着要极力掩饰。每当碰到熟悉的面孔时我能采取的最好的态度也只不过是把帽檐往下拉一拉,低头看脚尖。

都在意料之中。至于我拿出的饭盒,姐姐比摸蛇还介意摸它。当然,连母亲也没告诉。与姐姐进行的斗争是非常艰辛的,那是激烈而无声的斗争。如果姐姐到最后也不屈服,我该怎么处置那个可恶的军用饭盒呢?把里边的东西倒在灶台底下,或是重新拿起它走出门去,那真是一件残忍的事。

但斗争并没轻易结束。姐姐低着头连我的脸也不敢看,她的耳根都红了。我觉得心都要炸了,再也无法跟她面对面站着。姐姐的对手不单是我可耻的行为,也包括自己。她与所处的世界直到现在也进行着一种激烈而无声的斗争。

虽然填饱了肚子,但姐姐和我付出的代价绝对不是微不足道的。那天我们一整天待在像箱子一样的屋里，一步也没有跨出去。尽管纷纷落下的雪花诱惑着我们，但姐姐和我一动也不动，在狭小的空间里缩成一团坐着。我想起了父亲的模样，真的很长时间也不曾想起过了。我们是囚犯。出卖良心的父亲和他丢弃自尊的儿子是一样的囚犯。

十三 饥饿的灵魂

那天幸运和厄运轮流找上了我,它们好像已经约好了似的一次又一次地让我吃惊。那样的一天似乎把我松散的人生压缩在了一天之内。

首先是幸运。没找太多地方我就填满了饭盒,这是不容易的事。为了填满两升容量的军用饭盒,我有时不得不走到两公里以外的村子。因为,那是哪怕晚上敞着大门也无所谓,但一到吃饭时间却一定要紧关大门的时期。

这不是他们的过错,也不是该受到责备的事。那只是在物资匮乏的五十年代的一种生活方式而已。大家都过着穷日子。溜进来的小偷也没有什么可拿的,所以根本没必要锁大门。但是也没有狠心到坐在饭桌前却拒绝行善一勺分量的地步。我并不责备由于没有那样的狠心肠而只能锁上大门的人们。

有时,也会有在城里转了大半圈也没能填满饭盒的时候。自尊并不是一次交易就能全部卖掉的。就像干枯的泉眼重新涌出泉水一样，我内心总是保存着几乎完整的自尊，那使我很不方便。每次，我都只是一个不熟练而又特别羞涩的乞讨者，所以，我期望尽可能地装满饭盒，这样就可以减少出门乞讨的次数。

那绝对不是不起眼的小幸运。我首先确认了容量，是值得满足的分量。我估计这些足能挺上三天。

食物也是多种多样，不仅仅是五谷，仿佛把能在田野里收获的，几乎所有种类的谷物全都细心地收集到我小小的饭盒里。就因为一年之前我还是在土里打滚的孩子，也依旧是那个乡巴佬，所以很容易就分辨出来。我把鼻子凑到饭盒里，还用手指拨弄，一一检查了里面的食物。大米、大麦、小麦、高粱、稷、秫、小米、毛豆、芸豆、豌豆、绿豆、红豆、黄豆、蓖麻、蚕豆、麦片、籼米……

我才懂得那天的幸运绝对不是偶然，因为我迎接的是正月十五的早上。

厄运的降临是在那之后的瞬间，像通常一样，它突然袭击了我。根本没有还手的机会，我倒在街上。因为跌得太狠了，过了好一阵我也没能回过神。

直到认清我所遭遇的厄运是什么样的，已经过了好一阵子。侧身躺在地上，我愣愣地望着。厄运，长成狼狗的样子，它正伸着赤红的舌头，恶狠狠地盯着我。有种恐怖爬过后背。我一动不动，因为觉得哪怕动弹了一个指关节，它也会再次攻击我。

一个中年男子仓皇地跑出来，是比我还受惊吓的面孔。脸色铁青。

我放下心，其实没什么，给我带来厄运的家伙被乖乖地赶进屋里了。它并没有露出尖锐的牙齿，相反卑鄙地摇了摇谄媚的尾巴。那样子令我很愤怒。不能再像弱者一样躺在地上，我拍拍身子轻轻地站了起来。

左腿很疼，是仿佛在一瞬间被电击似的疼痛，但我并不太在乎。更让我感到疼痛的是身外之事。我俯下身子看着街道，空空的军用饭盒掉在脚边，狼藉地散落在冻僵地面上的那些东西……我渐渐开始明白了我所遭受的厄运是多么悲惨，有一种我那可耻的小宇宙全都被掀翻了的感觉。

但是我立刻恢复了元气，因为有了这次厄运，又有新的幸运找上门来。

给我带来第二次幸运的是刚才那个中年男子。他起初大为吃惊，但现在十分沉着。因为我说被狼狗咬的伤口并不严重，他也没有执意查看伤口，而是对我说了几句安慰的话，包括劝告我要小心注意。他还说，要把里面空得都觉得空虚的饭盒用别的东西填满，但是我毅然拒绝了。不知道为什么要那么做。最后,那个中年男子翻翻衣兜拿出了几张纸币递到我手里。

拥有现金不再只是单纯的小幸运。我无法再顾及其他任何东西,像是在黑暗里,突然受到探照灯的集中审问一样,失了魂似的站在那发愣,只是呆呆地望着那个中年男子紧紧关起两扇大门。

毫无疑问,这分明是幸运。但不知为什么,即使那样也无法用心体会。我小心翼翼地打开了紧握的拳头:确实有。这一天向我走来的第二个幸运,摇身一变,成了三张破旧的纸币在我的手心里。

我立刻攥起手指,惴惴不安,生怕幸运会再次变身,像鸟一样扑棱棱地飞走。我把紧紧握住的拳头深深地揣在衣兜里,然后,逃也似的离开了那里。

我首先做的,就是买烤豆沙饼吃。它的形状像条稍大一点的金鱼,鱼脊金黄,肚子软软的。我无法忘记从尾部咬一大口时的那种香甜、温暖和柔软。哪会有比舌头更可信的呀。我这才确认了我所紧握的幸运,是用伶俐的舌头,而不是空虚的胸膛。我想,这下可以相信了。

给出一张纸币之后,我把更多的零钱拿到手里,把那些钱深深地藏在衣兜里。走在路上,我带着想吹口哨的那种心情,漫无目的地在路上乱窜,一直把手深深地揣在衣兜里。

通过指尖,我总能听到一对麻雀父母和几只麻雀宝宝在鸟巢里欢快地叽叽喳喳的声音。

街头上到处都是诱惑我的东西:糖馅饼和烤地瓜,海鲜串和炒米糕条,还有花生、烤豆沙饼、白色的麦芽糖,以及豆沙馅饼和腌鸡蛋……我不得不常常停下脚步。没有理由犹豫。我太长时间饱受饥饿的折磨,而且我兜里分明装着幸运,是不容置疑的幸运。

有段时间我在凌晨做过小秋收的那个市场里,也有的是诱惑我的东西:在鏊子上滋拉滋拉热着的煎饺和用棉被裹着的罐子里的疙瘩汤,在炭火上冒着热气的红豆粥和小平底锅里的乌冬面,还有小米糕和拌粉丝,以及猪头肉和煎秋刀鱼,等等。

我几乎吃到了胃所盼望的和舌头所要求的所有东西。欲望永无止境的,它像发疯了一样完全控制了我,没有任何可以制止的办法,最后连辨别的能力也消失了。我疯狂地如同伤寒病患者一样,到处东张西望,只要是能用嘴处理的,就什么也不挑,拿过来就吃。

终于胃拒绝了。而且,之后舌头也拒绝了。觉得要炸开了。感觉哪怕动弹一下,身体也会溢出里面的东西。我这时才跌跌撞撞,缓缓钻出市场街道。饱足感以千万斤的重量压垮了我。

但令我绝望的并不是快要爆炸了的饱足感。都到了连一口水，一粒豆子也无法承受的地步，但那奇特的欲望依然困扰着我。那些钱继续索要着新的食物。是再怎么反复舀出来也绝不减少的渴望。

　　我以一副狼狈不堪的模样，跌跌撞撞往家的方向走去。一只脚踝上拖着快要爆炸了的饱足感，另一只脚踝上像拖着铁块一样拖着深不见底的绝望感。内心哭意汹涌。我想起姐姐和母亲的面孔。在这玩偶之城，在我们那可笑的箱子里，她们正等着我回家。我的心都要裂开了。

　　我想我的幸运已经到头了。最后等待我的，照旧是不变的厄运。除了空空的饭盒和再度身无分文的衣兜，还有仍然贪婪的、饥饿的灵魂之外，我一无所有。

十四　童 养 媳

　　母亲动弹了身子，让人预感到即将发生某种变化。

　　那天天气非常寒冷，枕边的被褥都已冻僵。由于太冷觉得早晨的太阳也来得更迟了，连染红了窗纸的阳光也使牙齿发冷。我看到了天花板和四面墙壁上白白的霜冻。它比雪还洁白，纹路又优美。我有一种躺在耀眼的水晶箱子里的感觉。

　　房门打开，母亲进来了，湿漉漉的头发披在瘦弱的肩上。母亲在旧式的衣柜上支起小镜子开始梳头，整齐地分了中分，梳了一个圆圆的发髻，插上簪子，是非常安静的动作。因为太安静了，几乎感觉不到她在动。

　　事实上，母亲的健康状况已经恶化到了相当严重的程度。平时由于沉默寡言，原本看上去还很精神的面孔因水肿而发黄。眼圈上泛着黑影，鼻梁和嘴唇呈现出青色，瘦削的脖子和肩膀上隐隐散发着让人不寒而栗的某种凉气。我又看到了她手背上隐隐约约现出像一条条蚯蚓一样的静脉，如同透明的热带鱼，可以清楚地看到皮肤下面。

她的身子让人怎么也无法感觉到重量，仿佛是用纸叠的小人一样又轻、又瘦、又薄。母亲能自己动身，光是这一点我也感到心里一阵热乎乎的。

头发梳理完后，母亲轻轻地打开衣柜。我以为她在找出门时穿的衣服，脑子里想起了去舅舅家的事，尽管有了收获，但那是一段令人不快的记忆。我想母亲不会再去找那个只有一只胳膊的男人，那么这次突然出门是要去哪呢？

由于崔班长的出现，疑问立刻就消失了。这肯定没错了，她是想见见父亲。

母亲跟着崔班长出了门。真是很长时间没有起身出门过了。邻居家的几位大嫂都凄哀地望着母亲的背影。母亲静静地穿过胡同，几乎感觉不到她在动。

他们回来已是傍晚时分。两人连一句话也没说，崔班长走向原爆症患者老金的家，母亲走回我们家，姐姐和我等待着她的归来。他们两个都因寒冷和疲劳显得精疲力竭。

但母亲并没有直接躺下。她坐在衣柜前，还穿着出门的衣服。我们看到母亲低着头，很长时间一动也不动地坐着。因为几乎听不到呼吸，我怀疑她是不是已经去世了吃了一惊。

　　我悄悄回头看了看姐姐。和母亲一样她也低着头。不知为什么她的耳根变得通红。

　　母亲再次打开了衣柜,然后挑出了几件衣服,这些衣服并不是她的,我一眼就认出那些全都是姐姐的。的确如此。那些衣服全都是姐姐的,所以在那里有着姐姐的一切。姐姐传递给我的一个眼神,偶尔露出的一丝笑容,还有一阵细微的呼吸,这些所有我关于姐姐能联想起的一切,都密密地印在那些衣服的根根纤维里。

　　直到母亲转过身向着我们坐的时候,我才发现她的眼睛是湿润的。由于经常挂在眼圈上的黑影,湿气并不明显,但母亲分明是在那深沉的黑暗里隐藏了还没有干枯的泉。

　　"孩子,起来吧……"

　　母亲说道。是没听过的声音。

　　"你父亲差不多得一年以后才能回来。"

　　就那么一句话而已。

　　母亲收拾好姐姐的衣服拿着站起来。姐姐的耳根仍然通红。

　　可能是因为天气太冷,胡同里一个人也没有,连像恶魔般的孩子们也不见人影,只有凛冽的寒风狠狠地撕咬着又窄又长的臭水沟似的冻僵的木板村胡同。

　　母亲走在前面,姐姐跟在身后,看上去像是出远门的人。

母亲把装衣服的包裹紧紧地抱在胸前，一次也没有回头。但姐姐那张小小的脸反反复复回头看我。她微笑着。姐姐……但我无法对着她笑，不知为什么想拿石头冲她乱扔一气。

两人的身影拐过胡同，消失在我眼前。突然变得空空的胡同仿佛田野一样荒凉。我低头看着脚尖偷偷估算着……接着，再走一段，然后再往左拐就可以了。那有姐姐的朋友豆腐胚子，有她的四个哥哥，还有，数不尽的豆腐。姐姐从今往后就要住在那里，成为他们家的童养媳……

越想越来气，我真想放声大哭。

十五 尸体总是面生

没有人能跟尸体结交,因为尸体总是面生。

即便是家人或邻居的尸体,情况也一样。我绝对不能想象"仿若处于睡梦中的"尸体。睡眠是这辈子的,也许死亡也属于这辈子,但唯独尸体是绝对不能属于这辈子的,因为那是只有走向今生以外的某个地方的人留下来的。

因此,死者的面孔既陌生又可畏,关于它的任何记忆都无能为力,今生的任何东西也不会接受它,因为那是在死者生前绝不会看到的、异常冷漠而陌生的面孔。我们唯一能做的,除了在尸体上匆忙铺上一簸箕的土,再无其他。

在我们城市唯一的公园里,经常能发现那样的尸体。我也在去年秋天亲眼见到过几次。这个地方在过去的战争中,曾容纳比这座城市人口数目还多的难民。哪怕光秃秃的丘陵、矮小的树木,也留着过往岁月的烙痕。

我第一次看到的尸体是一个脖子长长的男人。年龄几何也猜不出来。脸上因为表情特别痛苦地扭曲,已经变得僵硬。男人穿着过季的短袖,赤着脚,身体有点小,而且干瘦。除此之外,没什么特别的。也就是说,他只不过是这个时期在公园附近随处可见的、背井离乡的其中一个人而已。之所以觉得他的脖子特别长,是因为它艰难地悬挂着,支撑着身体的重量。

我当然不知道在今生以外的某个地方是否存在另一个世界。但如果有那种地方的话,送这男人到那个世界的桥梁却是一棵矮小的树。那棵树属于槭树科,生长在公园光秃秃的丘陵上,像那男人一样悬挂在树枝上向前看,就能将我们的城市一览无余。对于这点我非常清楚,因为我曾经爬到那棵树上坐着,而且几乎整天都在那里消磨时光。在那里俯瞰可以清晰地看到一切,看到我们的城市,看到环绕城市外围的两条铁路,还有仿佛触手可及的我们那如同玩偶的木板村。

男人的尸体就在那样的位置悬挂着,但是他已经离开,剩下的只有一副面孔陌生的尸体。在某种敬畏中,我暂时陷入了思索。他最后的记忆会是什么呢?

无人能够说明。在离开人世的最后一瞬间,他看到的,或是迫切希望看到的,究竟是什么?

但是,我想至少有一点很肯定,就是说,那绝不是我曾经见过的和想过的。因为,为了俯瞰饥饿的城市和可笑的村子,没必要把脖子吊在那里。

也曾看过被弃之不理的尸体。被原来的主人抛弃了的尸体,被那它曾属于的社会和人世间最终彻底抛弃了的尸体,它们怎么会那么迅速地腐烂呢……尤其有一具喝了一瓶两百毫升的稀释了毒药的烧酒而离开人世的尸体更体现了那一点。

也不是敬畏。也不只是丑陋的面生。我看到牛蝇和小飞虫,还有一丝风、一缕阳光停留在那尸体上。没必要硬把一簸箕土铺在上面,它急着赶路,去往一条一切事物都必然要踏上的消亡之路。

那个公园也不例外,冬天和寒冷侵袭了它。尸体随处可见,它们是酷寒留下来的。

盆地的冬天极其寒冷又变幻无常。不幸地,困在那种地势中的我们的城市仅仅一夜也会冻死好几个人。那些尸体经常在公园附近被发现。在公园的石梯和外边干枯的排水沟,甚至是两座亭子和某个诗人的诗碑下边,都能见到尸体。比石头还坚硬,比冻僵的光秃秃的土地还要荒凉。

寒冷是什么样的?我们并不能用肉眼看清,只能看见它留下的伤痕。或许那些冻死之人的尸体也只不过是一种伤痕而已,但是站在那些随处可见的尸体前面,我仿佛看到了寒冷的真面目。

的确如此。那是跟悬挂在人世之外的某个地方的一棵矮小的树,或跟稀释了药名不详的剧毒的两百毫升的烧酒瓶非常相像的面孔。

在公园里,三十多个台阶的石梯中段,有一具女人的尸体,好像是原来就放在那个位置上的某个固定物,又小又寒酸。我在那前面停住脚步。就我一个人。那是个大白天也见不到阳光的阴森寒冷的天,无所事事地徘徊在公园里的人几乎一个也没有。偶尔在石梯上来来往往的人们也没有因为那又小又寒酸的尸体而停下脚步。

一阵风像刀一般伐戮过荒凉的公园。但是我还能挺得住。有时,跟寒冷作斗争能忘掉饥饿。我低头仔细打量着那具尸体。

是个陌生的面孔。我仔细地低头看着紧贴在石梯断面的窄窄的额头,柔和地缠绕着面颊的浓密的头发,还有已经僵硬了的半开的干燥的嘴唇。估计就在昨天还勤快地摆动着的双手,在胸口和下巴之间停住了。从此,谁也不能使那双干瘦也并不干净的手再次动起来。那真是永远的停止。

无论哪里也没有抵抗过的痕迹。她分明是对寒冷、死亡以及最后一瞬间的孤独轻易地亲近了。她的姿势没有丝毫挣扎,以至于托着她的石梯也透着温情。说真的,她什么也没有留下，就连尸体也绝不是她自己的。由于她太完整地、完美地离开了人世，如同垫圈一样，弃置在石梯上的小小尸体看上去像是完全陌生的物体。

我直起腰，慢慢地环顾了四周。真正发现熟悉的东西，就在那一瞬间。那分明是她的东西。在不远处，我发现了可能是她的一个木盆，里头还放着两三个烂苹果。

没有必要想起秋天的记忆。我再次回头看了看那具尸体。在那么面生的尸体上，我好不容易模糊地勾勒出了一个女人的脸，是如同远久的记忆一样模糊的面孔。或许我勾勒的并不是她的面孔，而是我自己的记忆。

一个男人走了过来，大概是公园的管理员。他的脸上毫无表情，也是，因为没什么理由吃惊，估计在过去的整整一个季节中，把她的脸都看腻了。他把卷成一团的草袋子一把抖开，盖在那寒酸的尸体上。

这就够了。由于尸体蜷成小小的一团，只用一张草袋子就完全能盖得住。她在人世里暂时能够占据的空间，恐怕也不比这个大。头发和脚都看不见。

我缓缓地走下石梯。天仍然阴森寒冷，连一丝阳光也透不出来。刀刃般的风刺到胸口。突然，觉得归途十分遥远。

走在风中，我直发抖，边走边认真思索。头痛阵阵袭来。在所有的记忆和幻想中，留到最后的竟是几个烂苹果。这时我才理清了思绪。

我以非常清醒的意识思考,脑子里仿佛吹过一阵凉风。她总是在吃烂苹果,用那不干净的手指尖专挑烂的部分仔细地挖着吃。除此之外,她没有进食任何东西。就像我母亲除了水,也不进食任何东西一样。我有一阵想干呕的感觉。

留下那又小又寒酸的尸体,她已经离开公园,再也不会回到那荒芜的公园。我又想起被丢弃在她脚边的木盆和两三个苹果,可以肯定的是,她从此再也不会贩卖或是挖着吃烂苹果了。我又感到了严重的干呕。

就在那天晚上,原爆症患者老金离开了人世。邻居们都对他的去世感到悲伤。邻居们仿佛重新认识到了那段时间由于一直有深厚亲情的弟弟而被遮盖着的他的不幸。

他已经被关在如同箱子的屋子里生活了将近十年的岁月。曾经的他是一个出入三四个国家的国境如同出入自家家门一样的人。老金一直在等待的是什么呢?邻居们这才清楚地明白那是从脚底开始向心脏缓缓行进的死亡,而非其他。

勤快的崔班长买来棺材,旧货商老郭挂起了灵灯。入冬以来,只有吹过阵阵冷风的胡同一时间因前来吊丧的人们而热闹起来,邻居的大嫂们来看望那一家,不时哭出声来。但是老金夫人却没有哭。好像十年前就已经知道这一天的到来,从那时起便做好了充分的心理准备。她用比谁都高的声音,指挥着丈夫的葬礼。

生前,像箱子一样的屋子是老金的整个世界,但离开了人世,他占据的空间比之前的还小。接收尸体的棺材是当时我看过的最小的"屋子"。因为太小,除了他的身体之外再装不了任何其他的东西。他的夫人和孩子无可奈何地徘徊在那小小屋子的外面。连之前关系亲近的崔班长和老郭也根本没有挤进去坐坐的地方。可能是因为这样,他们的身影比任何时候看上去都更加的空虚无力。

直到深夜,我还久久地望着挂在胡同口的灵灯。通过我们家的纸窗洞,可以清楚地看到那微弱的灯光。灯光下,人间的雪花纷纷飘落,跟老金在时一样。

十六 车 牧 师

和母亲一起去基督教会,是件非常艰难又羞涩的事。

路很滑,而且母亲没有我的扶持就根本不能迈步。我从未感到过山坡上的营帐教会那么遥远。经过千辛万苦终于到达时,我已经被汗水湿透了。我浑身发冷,腿也开始哆嗦。

至于母亲为什么突然找上基督教会,我一点也不知情。全脂奶粉的耗尽也已经很长时间了。我早就想到以后在基督教会什么东西也得不到。从白布袋出来的少女曾经说过做祷告就可以忘掉饥饿,可对我来说,那根本就不可能,我还没有忘记这一点。所以,我怎么也无法理解母亲为时已晚的这次出行。

在煤核凌乱地散在地上的教会院子里,有些熟悉的面孔来回过往。那是我曾经那么乐于频繁出入的地方。再次面对熟悉的面孔,我觉得莫名的羞愧,但绝不全是为了母亲。

还好他们并没责备我,而且用温暖的心接待了我们,仿佛找回了迷路的母羊和羔羊似的,高兴地握住了我们的手。他们的手虽然都特别凉,但拥有能温暖心灵的魔力。

"这家伙,做了件好事啊。做了能得到福气的事。"

站在入口的男人轻轻地拍着我的头说。虽然旧得看上去很寒酸,但他穿的还是件西服,而且还端庄地戴了领带。他就是这基督教会的车牧师。

我知道有关于他的几种传闻。不论褒贬,他至少在我们木板村居民中成了被谈论的对象。在人们当中传开的有关于他的传闻,大致如此:

有人传言道曾经看见过车牧师醉酒。有目击者说他在大白天喝醉了酒,满脸通红,摇摇晃晃走在大街上。还有一次,他去城市边缘的三流剧场,而且还看了内容可疑的电影被同一个教会的信徒撞见。还有和痞子动手打架,又被债主揪住衣襟的传闻。

但在诸如此类的传闻中,最令木板村居民感到不快的是所谓"红色纸币"的问题。因为他没有对我们儿童班施教,所以我一次也没听过,但据说车牧师在每次说教的时候,都不落下关于红色纸币的话,而且相当理直气壮,就像训斥坐在教坛下的信徒们一样。

"别把红色纸币献给上帝。那些把带着小孩鼻涕的一团红色纸币献给上帝的人,应当感到羞耻!"

当然,每一条传闻都有前提。那一点使车牧师更有车牧师的个性。我也听说过。例如,那次醉酒的骚动就是如此。

又听另一个人的传言说,车牧师喝醉了是不假。但据说那不是像我们村子里那些常常见到的酒鬼那样,失去分辨能力灌酒的结果。那并不是酒,而是酿制那邪恶的液体后剩下的酒糟。我很清楚。用糖精调味之后,那绝不只是邪恶的食物,也可以成为我们每日食用的粮食。

因此,应遭受责备的并不是车牧师,而是他走访的那个信徒的贫穷。问题就在于除了那个食物,再也没有能拿得出手的贫穷。但是贫穷再怎么成为问题,也绝不是罪该万死的罪恶。我完全能想象得到,车牧师是同感激的祷告一起,欣然分享了那份食物。肯定是存留下来的酒精成分使他那没有接受训练的躯体无可奈何地摇摇晃晃。

去剧场的事也是如此。他想在屏幕上看到的并不是赤身裸体的女演员或是激烈的战斗场面。他认真地看着在电影镜头中穿插的记录战争的胶片,尤其是向南涌来的难民队伍,据说他屏住呼吸目不转睛地盯着。

车牧师没有家人。相应地,也没有拥有像样的财产或家当。在两个营帐中,他就住在用刨花板隔开的一个角落,并在放着食物的地方随地进餐。从早到晚只要能容得下脚,他就不分地方到处走访。别看有那么多传闻,但没有一个人认为他为了自己偷偷藏了东西，哪怕是一粒芥子。车牧师就是那样的人。

因此，他跟痞子打架，或被债主扯住衣襟，又或者每次说教的时候都提起红色纸币，这些事都不能成为他的缺点。因为我相信一定会有比那更伟大、更崇高的动机。

我的心情变得很好，脑子里感觉到车牧师抚摸的温暖，我竟然决心，从此一周也不缺席，按时来基督教会，即使不分我全脂奶粉。

地上特别凉，下巴都不停地发抖，但母亲直到最后也坚持得很好。母亲连一首赞歌、一句信徒新经都不懂。她除了知道祷告开始的时候要闭上眼睛，除了知道要以"阿门"结束之外，几乎再不知道其他的知识。那样的母亲居然能忍耐到那冗长乏味的礼拜全部结束为止，而且没有丝毫痛苦的表情，这个事实让我很吃惊。她的身影看上去比躺在如同箱子一样的我们家炕头的时候更舒服。

第二天，车牧师拜访了如同箱子一样的我们家。是自己一个人。我仍能清晰地记起结束祈祷之后，两位大人之间的对话。

"只要虔诚信奉耶稣，孩子的父亲就能回来，送给别人家的女儿也可以找回来吗，牧师……"

那些是她最后的愿望。我分明听到了车牧师毫不犹豫地回答。

"是的，大嫂。您就诚心诚意地向耶稣祈祷吧。这样肯定能迎来全家重聚在一起生活的那一天。"

小心翼翼地，母亲又问了，车牧师仍然毫不犹豫地回答。

"祈祷怎么做，牧师？"

"像求山神奶奶似的，只要那样就行，大嫂。"

但车牧师觉得目前母亲的病情更为迫切，因此无论怎样也要找出治疗母亲的途径，他这么说着就起身离开了。他到最后也没有说，我们儿童礼拜学校的老师常常给我们讲的耶稣所有的奇迹。如果给母亲讲讲治愈癫病、使瘫子坐立、让哑巴说话、拯救被魔鬼附身的孩子等故事，她该有多高兴。

虽然那点让我有些失望，却没有敢于请求的勇气。车牧师临走时留下了装在纸袋里带过来的两三瓢麦片和一些钱。

十七 没有汤水的面条

姐姐回来了。自从去了豆腐胚子家以后,这是她第一次回家。

"今天休息。因为是她哥哥的生日。"

姐姐这样说。但是并没有解释豆腐胚子的四个哥哥里,到底是谁的生日。

因为我到那时还没有消气,所以没有特意问。就算是谁的生日又有什么关系呢?我只在心里期望,但愿不是只有一条腿的哥哥的生日。

姐姐看上去比和我们一起住的时候更加精力旺盛。那是理所当然的结果。她离开了家人,同时也从那可恶的贫穷中逃脱了。那一点再度令我生气。

我想,从此姐姐的脸也会变得白白胖胖,就像她的朋友豆腐胚子一样拥有白净柔嫩的皮肤。但是并不能像豆腐胚子一样,结交别的男人,因为她不是那个可以放纵的女儿,而是要保持贞淑的童养媳。

姐姐带来几种礼物，又从内衣兜里拿出几张折了好几遍的纸币。她的表情有点扬扬得意，接着说：

"妈妈，有没有想吃的东西？"

我立刻看向母亲的表情。一直背靠在木板墙坐着的母亲看上去是在认真地思考着什么。我咽了一下口水，因为已经看出了母亲在想什么问题。

自从去过基督教会，母亲的内心分明起了巨大的变化，最让人感到欣慰的是她重新拾起了希望。她的愿望就是分散的家人能重聚在一起生活。对于这件事，母亲确实坚信着车牧师的话。从那天以后，母亲常常去山坡上的基督教会，在家也总是面对墙壁坐着。当然没有出声念叨，但我知道她在做什么。她是在像求山神奶奶似的做祷告。

自从动弹了身子以后，母亲开始少量地进食。我觉得那也是理所当然的变化。因为也许光靠上帝的福音就能生活，但光靠水恐怕很难。但即使这样，母亲也是长时间以来几乎光靠水就挺过来的人。虽然无法满足突然间变得旺盛的食欲，但吃进去的也没能完全消化。在我看来两样都很可怜。

何止是可怜！

母亲的那种变化使我十分困扰。我这小小的手怎么能满足得起像不懂事的孩子一样失去分辨力、变得贪婪的母亲的食欲呢？分明是以送姐姐离开家为代价——这么说将会在她胸口钉上永久的钉子——得来的钱也无可奈何地花光了。虽然冬天仍然没有结束，但我又得重新拿起军用饭盒走上冰冷的街道。

不仅如此，不能良好消化好不容易吃进嘴的食物也是一件挺痛苦的事。有好几次母亲都像弱智一样失禁。这不仅仅是她长时间以来只喝水而变得极度衰弱的胃肠在作怪，在村子里仅有的两处"为了万人而存在的最小空间"也是个问题。对母亲而言，动身去那里也不容易。几次失禁后，母亲最后还是在家里解决了。

我的期待并不是无凭无据。经过一段时间的认真思考，母亲终于开口了。

"不是有那种东西吗？就是那种在中国饭店叫外卖的、没有汤水的面条。"

说出那句话的母亲就像少女一样羞涩。我记起了之前老金夫人送过来的炸酱面。那是她第一次也是最后一次接受医生诊断那天的事。

"你说的是炸酱面对吧，妈妈？"

我大声说道，母亲微笑点头。

两碗没有汤水的面条送到了家。因为姐姐说什么也不肯吃,母亲和我就一人要了整个一碗,然后狼吞虎咽地吃起来。那可不是简单地命名为"炸酱面",或是"没有汤水的面条"的食物,我心想,那天我们吃掉的两碗食物应该被赋予更华丽的名字。

但母亲却称之为"没有汤水的面条"。而且,那一碗没有汤水的面条居然成了她在世时能吃到的,还算是不寒酸的最后的食物。

还没等太阳完全落山,母亲就去世了。老金夫人叫来上次的医生是大约一个小时之后。胎儿流下来了,医生这样说。我们本还以为是急性胃堵。医生立即收起包,起身时又说:

"因为母体本身太虚弱,所以没能挺住。待会儿派个人来,我就给你们开诊断书。"

我呆呆地望着他。穿着白大褂的那个男子仍然有着像女人一样白净柔嫩的皮肤。老金夫人把他送走了。

回想姐姐的恸哭有多么持久,至今感觉喉咙都要塌下来。邻居们立刻涌进家门。但是姐姐忘记了羞涩,在母亲的尸体上不停地捶胸大哭。到这时为止,我还没有明白过来母亲是真正的去世了。我怎么也想不通在姐姐那小小身体的哪个角落里竟然藏着那么持久的、炙热的、激烈的恸哭,从让人心疼的露在外边的脚底到如扫帚般凌乱的一缕缕头发,没有一处不悲恸。她昏过去好几次,醒了之后又再次捶胸大哭。最后,要不是老金夫人给了姐姐一个耳光拉出门去,邻居们也许又要看到一具小小的尸体。

十八 我知道哑巴是怎么哭了

第二天,母亲的葬礼就结束了。回想起来,是连一盏灵灯也没挂起来的凄凉的葬礼。

这次也不例外,没有崔班长的帮助,什么也做不成。从母亲去世到第二天火葬,他一直陪伴在我们姐弟左右。无论葬礼如何简陋,但起码需要最低限度的费用,可我却不知道那是由谁承担的。肯定是做美元兑换交易的崔班长夫人和住我家前面的老金夫人,还有旧货商老郭几个人掏了衣兜。也许,虽然时间不长,但姐姐住过的豆腐胚子一家也承担了一部分。我记得葬礼结束之后,崔班长还把一些钱塞到我手里。不得不说,尽管贫穷,可他们的内心是富裕的。

在去年夏天的洪涝之后,为了拾落果和我们木板村孩子们一起经历了危险的渡江,在那条河边我们同母亲告别了。那不是件容易的事。河面结成厚厚的一层冰。我们不得不走在冰面上,走近河的中心。崔班长在背后不停地让我们注

意,我有点害怕,但姐姐很坦然。姐姐已经克制住昨天那强
烈的悲痛。

　　由于结冰,流过河中心的水看上去更加清澈和冰凉。虽
然风刺骨的寒冷,但却是阳光明媚的一天,水面上闪动着粼
粼波光。因此,当仿佛谎言一样成为一把粉末的母亲的尸体
被我和姐姐慢慢地洒在河里的时候,我真的有一种刺眼的感
觉。它比我之前见过的尸体都明亮、无暇、耀眼。我莫名其
妙地沉浸于一群蜻蜓透明耀眼地飞舞着的幻想中。

　　回来时,在寒冷空虚的路上,吃了锅里煮的面条,才想起
已经空着肚子过了整整一天。崔班长和我吃了个精光,但姐
姐只是喝了两三口汤而已。我虽然有点担心,但什么也没说。
我担心姐姐会不会占据母亲的位置抱病不起,但仍然没有表
现出来。

　　我们村子里的胡同空荡荡的。那种空旷比任何时候还
要明艳地触动了我。煤核随便洒了一地的街道、同杂物一起
冻成一团的臭水沟、用油毡纸和罐头盒打了层层补丁的房
顶、粗糙的木板墙壁,这些都以鲜艳明亮的颜色触动着我
的心。

　　连胡同附近的"哑巴学校"也变得空荡荡的,只有落灰的
秋千在校园里凄凉地摇摆,肯定是因为假期还没有结束。哑
巴们现在在干什么呢? 我突然想到这个问题。不知为什么

有种再也不能抑制的感觉。

　　要不是在胡同中间和从白布袋出来的少女相遇，我可能很难再忍受。她和她父亲在一起。虽然因为受伤的腰还拄着拐杖，但她的父亲不用女儿的搀扶也能挪动脚步。是非常艰难的挪动。

　　少女笑容明亮地说道：

　　"我爸爸能自己走路了……"

　　真正感到母亲的死亡是回到我们像箱子一样的屋子以后。第一个映入我眼帘的是母亲长时间躺着的炕头，还有她枕边一直放着水碗的地方。那里什么也没有。她也不在，水碗也不在。突然像是被箭射中了，我感到穿胸的疼痛。那是无法用语言表达的，母亲不在了。

　　我背靠墙壁缩成一团，再也无法忍受不断涌上心头的酸涩。我把头埋在曲起的双腿上，却没有流泪。我好像这时才明白哑巴是怎么哭的。

第三部

犹大的时代

一 打　猎

　　孩子们每晚都去打猎。去年秋天一时间令我们着迷的捉蜻蜓，现在根本不值得一提。孩子们再也没有对此表现出热情。那空旷的季节已逝去，光秃秃的冬天和贫瘠的春天也已过去，随之而来的是恶气茂盛的夏天。从这个时候开始的夜间打猎，几乎完全吸引了我们。

　　我们约好每晚在村旁的铁道上集合。像乞丐一样无聊的太阳刚刚越过公园里火红的丘陵落下，黑暗就扑到我们木板村渐渐蔓延。紧挨着的是粘上厚厚的油毡纸和军绿色军用营帐的一角，还有无数种类的罐头碎片。用这些打了层层补丁的木板房顶柔和地拼接进那黑暗当中，差不多那时村里的孩子们全都会聚集到那里。

　　出发之前，一位大哥照例确认了出勤情况。战争只要多延续一年他就肯定要扛着枪被赶上战场，体格如此高大的大哥一次不落地例行检查。但除了特殊情况，我们几乎总是

"无人缺席,全体集合完毕",没有被强迫的。只是因为,我们那样强烈地被打猎游戏所吸引着。我们当中能对那有趣的野炊不动心的家伙一个都没有。

虽然少有,但偶尔也会有缺席的时候。那种时候虽然短暂,但我们的出发不由得被推迟,所以缺席的人会毫不留情地遭到痛骂。在黑暗里,孩子们迅速地确认彼此并唠叨着:

"是哪个家伙?真令人扫兴……"

"是不是京城人太吉?怎么没看见那小子?"

"没错。那个臭小子又没来。干脆把那小子开除了!"

的确如此。要是偶尔有人缺席,那十之八九就是太吉。但我了解他的状况。他有一个——正如我们所知——脾气古怪的寡母,在那段日子里他也还是几乎天天挨打。他母亲坚信,那是在混乱黑暗的时代里能守护子女的唯一方法,除非她的这种想法能改变,否则对太吉来说这是不可避免的灾难。理所当然,对于不幸的朋友太吉来说,那频繁的惩罚才算是一天也不能少的每日必需的粮食,惩罚的程度有些过分的时候,他只能身不由己地缺席了我们的打猎活动。

不能只责备脾气古怪的母亲的愚蠢,再怎么毒辣辣的抽打,也不能只靠那个就能抵挡世上无数的罪恶。然而,其他大多数父母也是同样的想法。因此,我只能期望我那可怜的朋友太吉的不幸能得到所有人的理解。但是,对于推迟我们出发的缺席者的不满和谩骂总得持续一段时间。

猎场是沉没在我们城市里黑暗中的夜路。那些街道依然残留着大部分由战争造成的伤痕，在夏夜里显得无比粗糙和寂寞。再加上现在有限制地供电，连灯光也稀少，那样的舞台条件给我们欠妥的冒险之心火上浇油。行人罕见的街道，到处都可以成为打猎的死角。就像是侵略军，我们隐蔽前进，以一个捕猎夹为中心迅速地扩散到黑暗中。打猎开始了。我每次都感到夏夜闷热的空气突然变得像湿毛巾一样凉爽地搭在身上，使我剧烈颤抖。

为了吸引猎物必须准备诱饵。大哥们总是对此很慎重。要找谁都会轻易上钩的诱饵，所以大体上在我们当中体格最矮小的或是看上去有点孱弱的家伙就被选为当天的诱饵，可以说他是打猎的主角。

那是非常有趣的角色，我也经历过几次那样的幸运。的确如此。怎么会想象得到呢？我可以像帝王一样，在街道上横行无阻。没人能令我恐惧。我可以一只手半插在兜里，另一只手紧紧握成拳头，从牙缝里挤出"去汉城的十二列车"、"新罗的月夜"之类的歌。

当然，我豪气的后盾就在身后的黑暗中。但奇怪的是，我几乎完全忘记了那样的事实。虽然体质孱弱，但也蕴藏着某种神奇的力量，我这样坚信，只觉得四肢充满力量，胸口熊熊燃烧着一把火。我随便跟任何人找茬,用肮脏的话辱骂,肆无忌惮地挥舞着小小的拳头。或许是因为这样,我比其他家伙更出色地完成了赋予我的角色,也就是把猎物引入陷阱的作为诱饵的角色。结果总会有不绝的称赞。

我们的每次打猎都很成功,因为,任何人都非常容易掉进我们的陷阱,谁要是不警惕地咬上了我们抛出的诱饵,没有一个能完好无损。不管他是什么样的人,我们根本就不在乎。哪怕他立即醒悟了自己的轻率,也无济于事。还没等他吐出诱饵,我们就已经不约而同地从黑暗中钻出,然后一拥而上开始不论头尾地集中炮火攻击。

没有一个人能受得了。大体上,一两分钟的攻击就足够了。即使一开始进行了抵抗的人,不一会儿也会跪下来变得很乖,本来就是寡不敌众。但我觉得,我们绝不仅仅是数量上的优势。因为我想,那要是单纯的物理性胜利,就不会令我们那么着迷。我们如同发疯似的撕咬掉进陷阱里的猎物,那种疯狂,还有这之后回家才能进入的幽深香甜的梦乡,我至今记忆犹新。

二 强氏理发店

　　并不能说只有孩子们才对类似打猎游戏一样的事情执迷不悟。因为,在大人的世界里也随处可以见到类似的游戏,比如"强氏理发店"就是个很好的例子。

　　在我们木板村,光我知道的理发店就有五六个。且不说内部情况,光是像样地挂着招牌的只有一家,其余的都是所谓的无许可营业。两者之间,理所当然在很多方面存在着差别,比如,设施、技术、价格,以及顾客的身份。

　　要界定我们这些小不点属于哪家的顾客,是愚蠢的事。对于我们来说,只要把像干栗子一样的脑袋剃得一干二净甚至于看得出癣疥的痕迹就行了,所以根本没有必要计较什么设施、技术以及服务态度等。有时甚至还得蹲在路边,把脑袋交给不入流的理发师。

　　话虽这么说,事实上我们常去的那些无许可理发店里连一把像样的椅子也没有。用粗糙的木板胡乱拼成的椅子,比起顾客的舒适更多地考虑了理发师自身的便利,所以很不舒服。再加上老掉牙的机器和粗劣的手艺,以及毫无诚意的态度,我们的头发根本就是被硬生生地揪起。最后,理发师操起刀片靠近的时候,觉得胸口都紧缩了。因此,理发不得不说是异常痛苦的事。而且,有时还不幸地感染了器械上的细菌。

考虑到这些情况,村子里那个唯一的正牌理发店真不愧是一片新天地。那里有着比起为理发师自身,更多是为了顾客的便利制作的铁椅子,而且还是三个,还有同等数量的一流理发师和穿着白大褂的女剃须师,据说那里不论一年四季都用温水洗头,最后还给整理脸部妆容、修理手指甲和脚趾甲、挖耳洞和鼻孔,等等。

木板村居民也不全都是穷人,所以那个理发店一直生意兴隆。就说我很熟悉的面孔,有凭借旧货生意尝了甜头的老郭,夫人在老外市场做美元兑换交易的崔班长,姐姐的朋友豆腐胚子的父亲和四个哥哥,还有线绒工厂社长和收音机店的老板等,全是那个理发店的常客。除此之外,原爆症患者老金生前也总把那家的理发师和美容师叫到家里,躺在屋里理发,还有寡妇家的女婿,不想想在丈母娘家吃软饭的处境,比谁都频繁光顾那里。不管怎样,就凭那一件事,也可以步入在木板村居民中被上帝赐予福气的行列,包括我们小不点在内的大多数居民,只能投去羡慕的眼神。

但是,那个理发店也有缺点。虽然招牌上明明用浮雕的字刻着"姜氏理发店"的店名,但我们大多以"强氏理发店"称呼,原因是这样的。

理发店老板是个姓姜的年轻男人。他在三位理发师中也是年纪最小的,有着像女人一样苗条的腰身和干净漂亮的皮肤。不管什么时候,他总是打理得很得体。衬衫的领子干净得耀眼,打了发蜡向后梳理的头发没有一丝凌乱。偶尔清闲的时候,他就把椅子转向路边,以一种像容貌那样平静冷漠的眼神,安静地望着阳光明媚的街道。孩子们恰恰向着理发店里瞥了一眼,只要跟他的眼神相撞,就一下子畏首缩脚,奇怪地,关节变得麻木。因为,对我们来说,那个男人实在是不可思议的存在。

顾客的脚步不断地踏进他的理发店,不速之客的出入同样也很频繁。那就是以木板村一带和附近的市场街道为据点,所谓的倚靠"拳头"和"韧劲"为本事混下去的一群恶棍。他们为了消磨无聊和困乏的时间,又为了找点事打发,时不时地出入理发店。客人少的大白天,在服务员的怒目而视下刮胡子,散漫地洗漱,还说些荤话,有的人还占着空椅子,甚至躺在上面打呼噜。

我们把"姜氏理发店"称为"强氏理发店"就是因为这些

男人们。如果是胆怯的客人，一到店门就会受惊，只好在门口转身离开，因为店里的气氛就像痞子们的窝点一样。如此一来，这成了姜氏理发店一个相当大的缺点。

　　情况到了这种地步，老板应该有什么举措，但表面上怎么也看不出有所作为。对于不速之客的频繁出入和肆意妄为，老板姜先生总是很淡然。的确，这是拳头比法律还管事的世道。即使这样，我们也绝不相信姜先生是因为在拳头上吃了亏，所以任由他们放肆。

　　他确实是——之前也提到过——不可思议的人物。体貌上，是像姑娘一样柔弱的体格和小白脸似的容貌，但他也是藏着致命的力气和锐刃一样的冷酷的男人。据说，在过去的战争里，他是某特殊部队的要员，他是曾不分昼夜地无数次越过死亡线的大丈夫。据说，光他杀掉的敌军的数目，就可以编成一个中队的兵力，而且光是以战功被给予奖赏的各种勋章按重量就足有一贯。当然，我们并没有直接听他本人说过他的英雄事迹，而且，那么多的勋章我们就连一个也没见过。我想，那些对他的战争经历夸夸其谈的人也是同样。但是我们对那类话一丁点也没有怀疑过，因为，好像要博得我们的信任似的，他偶尔会在我们面前，以实战展现他强大的实力。

　　他制造的令我们心惊胆战的第一个事件是在去年春天。

那是姜氏理发店开业还不到一个月的时候。理发店的大型玻璃门粉碎的同时，一个男人摔了出来滚在街道上。正往那里探头的我们吓得直往后退缩。倒在地上的男人是个秃顶的中老年绅士。我们都认为他再也不能站起来，但令人惊讶地，他敏捷地站起身来，做了滴水不漏的防御架势。

我们张大的嘴始终不能合上。因为直觉告诉我们这位中年绅士绝不是个平凡人。血从秃秃的头顶开始，像细蛇一样流下来，直到额头。我们看到了可怕地抖动着的眉毛和带有杀气的眼神。

"臭小子，你给我出来，到这里来！"

他喊道。

"我还没死呢，臭小子！你真是很可笑啊……"

但他那响亮的喊叫很是底气不足。推开破碎的门露出面孔的是姜先生。是同平时没有两样的端正外表：衬衫领子依然那么耀眼得干净，抹上发蜡的油光光的头发连梳子的痕迹也明显可见。只是注视对方的眼神变得更冰冷而已。

我们很惊讶。因为到那时，我们也对姜先生这个人几乎没有什么了解。像女人一样长得好看的那个男人只是新开的理发店的年轻老板而已；虽然对手人到中年，但看上去是在拳头的世界里积累了丰富阅历的人。直到最后的瞬间，我们也不能想象姜先生能成为他的对手。

胜负立决。而且，我们的预测被完全颠覆。由于带给我们太大的震撼，那就像某种巨大的感动一样，迷住了我们的心。那天之后，我们动不动就说起那件事。因为，如同感人的电影里的场面一样，那时的印象一直难以抹去。

我们分明看到，姜先生的眼神冰冷如霜，他那像女人一样苗条的腰身在空中弯曲如弓，还有四肢如同打靶一样，准确而又锋利地依次射中对手身体暴露空隙的地方……抵抗是微不足道的，中年绅士无力地倒地，再也没能自己站起来。

去年春天发生的这件事，只是序幕而已。因为，打那以后也经常以姜氏理发店为舞台上演类似的动作片，主角基本上是姜先生，获胜者也总是他，虽然对手每次都变，但全都是他的手下败将。有时，他们以小道具为凶器登场，又有时会动员一群人，但结果都一样。每当那时，不仅仅是姜先生不停地显露出私藏的功夫，而且在必要的时候之前提到的那些不速之客们也常常为他提供帮助。

不管怎样，那不可思议的姜先生褪去那柔弱的外表，渐渐以巨人的形象进入我们的视线，强氏理发店仿佛王国一样。我们不知不觉渴望着一个能与他和他的王国实力相当的强敌的出现。

他们到底为什么演出了那么富有戏剧性的动作片？当然，对于这一点我们并不是完全没有想法。反正我们对那些不感兴趣。我们的关注，只在于他们制造的那杀气腾腾的对决。我们所想的就是这么简单，因此大致下了这样的结论：就像我们疯狂地沉迷于夜间的打猎一样，他们也喜欢那种方式的游戏。

三 蚁后和兵蚁

　　记得那是初夜开始的夜间打猎到达顶峰的时候。之前的强氏理发店里发生了令人震惊的事件。从未败北的姜先生，虽然是暂时的，但不管怎样吃到了苦头。

　　接连好几天烈日炎炎之后，那天淅淅沥沥下了雨。从早晨开始，天空灰蒙蒙的，分明是洪涝的兆头。整天待在昏暗房间里的我们心里痒痒的。但这样的破天气，夜间打猎怎么也做不成了。

　　在姐姐工作的豆腐作坊吃了晚饭之后——确切地说是不请自去的，反正是已经吃了——我生着闷气回来，路上恰巧遇到了京城人太吉。

　　"出事了！终于出大事了！"

　　他气喘吁吁地说。

　　"在哪儿？"

　　"什么在哪儿，当然是强氏理发店了。不过，姜先生可毁了,而且还特别严重!"

顿时,我感到了触电般的冲击。再也没工夫看那家伙气喘吁吁的脸,我直奔理发店。

动作片已经结束了,我所能看到的只有主角们全都退场之后的空舞台而已。但是我并没有失望,因为,光是残局就足够让我震惊了。

理发店几乎是空的。尽管器械和工具等都在原处,但别说是顾客,连老板和服务员也不见踪影。只有女剃须师站在门口,我从未见过像这般受惊了的女人。虽然她对聚集来看热闹的人用颤抖的声音嘀咕着什么,但能听懂的恐怕一个也没有。

"是个独臂。那人用铁钩刺伤了姜先生。"

太吉依然气喘吁吁地跟我悄声说道。

"看那里,血,是血!"

我不寒而栗。因为,我那时才发现从那个女的站着的地方开始,向街道洒落的大片血迹。非常大量的血。由于夜幕已经降临,那颜色像倒了一桶墨水一样漆黑。

据说,姜先生被其他理发师背去了医院。我想,这次算是出现了强劲的对手,于是——尽管是短暂的瞬间——我意识到小小的矛盾:我们总是渴望出现更强大的对手。但是,虽然如此,也绝不是因为对姜先生存有任何敌意。我们没有

理由厌恶他,他简直是我们的英雄和偶像。所以,我们的热
切希望并不是为了他的破灭,而是为了增加我们对他的信任
和喝彩。但是,眼前的结果,就好像我们一直热切盼望着他
的毁灭。

回来的路上,太吉又唠叨。

"虽然姜先生被毁了,但是那个小子很卑鄙。听说是从
背后突然用力刺的……"

可是我并没有回答,不知怎么觉得没了力气,心情也糟
透了。太吉继续唠叨着以示愤怒,他的主张是,因为对方采
取了卑鄙的方法,说到底这次对决是无效的。

"应该再来一次。正式对抗,才知道谁更厉害。但是,姜
先生会活下来吗?我也看到他被背着去,脑袋可是完全开瓢
了……"

尽管发生如此巨大的变故,强氏理发店第二天又正常营
业了。老板姜先生的伤势似乎没有想象中那样致命,我们感
到很欣慰。但是在重新开门的理发店里,出乎意料地发现独
臂男人的身影,我们像嘴里嚼着虫子一样感觉很不是滋味。

这种事怎么能想得到呢?独臂男人不但第二天也堂而
皇之地出现,而且像姜先生一样,把空椅子转向路边挺起腰
坐着,悠闲地望着下起阵雨的街道。看那副德行,不知为什
么,我们觉得肠子都拧在了一起。尤其在他用打破姜先生脑

袋用的铁钩子尖连连敲打窗台的德行更令我们感到不快。

"卑鄙的家伙!"

"他不是像成了老板似的耍威风吗?狗杂种!"

好像自己被夺走了理发店一样,我们极度愤慨,和所有辱骂一起,吐了一次又一次痰,向他挥了无数下拳头。当然,这是在他视线之外的事。

那家伙以真正的老板自居。据说他连营业方面也要干涉,什么服务员的态度不够亲切,服务一点都不周到。店里的气氛一塌糊涂,由于他的干涉越来越过分,店员们的脸总是气鼓鼓的。我们想,连毫不相关的我们都这么来气,更何况是他们。

但是,我们看见那家伙可恶的模样还不到十天。断断续续地,只是淅淅沥沥地下着雨,厚厚的云也层层沉下的天空好不容易放晴,某一个白天,路过强氏理发店,我们出乎意料地在那里发现了姜先生的身影。哪有比那更惊讶的瞬间啊!我们在原地一动不动,好长时间也没能开口。

姜先生的身影看上去和以前没两样,仅仅是脸色稍显苍白,头上缠着绷带而已,依然是端正的外表。同往常清闲时一样,他坐在转向路边放着的椅子上,安静地望着仿佛像落沙一样垂下来的夏天里的烈日。依旧是平静冷漠的眼神。

那可恶的独臂男人无影无踪。理发店里,店员们安静地来回走动,在过去几天里气鼓鼓的表情,已经变得泰然自若。穿着白大褂的女剃须师,用心地挖着连我们也很熟悉的常客的耳朵。尽管是让人难以置信的事实,但在袖口里藏着铁钩的那个独臂男人在理发店里里外外都不见了身影。

至于姜先生用什么方法夺回他那暂时被卑劣男人抢走的王国,谁也不知道。当然,打那以后,独臂男人的身影再也没有出现过。但是以这个事件为契机,在我们木板村里有一段时间传开了新的话题。

传闻中,强氏理发店另有老板。更有意思的是,据说那个真正的老板是女的,而且是具有相当大的财力和能力,又兼备美貌的寡妇。至于年龄,说是早已进入五十岁的行列,也有人说才刚刚三十出头,所以无法确定。而且,说她除了之前的理发店之外,在中央街同时经营了两个相当大的茶座。而姜先生只不过是与她关系特殊的雇员而已。

我至今还记忆犹新,旧货商老郭动不动就这样比喻他们的关系。

"说起来就像蚁后和兵蚁的关系一样。当然,我是假设传闻是事实。虽然蚁后只有一个,但兵蚁很多。它们当中最强的会服侍女王。喂,崔班长!这不是很有趣的世界吗?"

然后,总是开怀大笑。

四 饥 渴

夜间打猎,此时达到巅峰。我们几乎一天也不间断,每天都热衷于此,结果总是很成功。

但是成功之后,理所当然地伴随着饥渴。奇怪,对打猎的兴致越高,越来越完美地获得成功,我们体会到的饥渴却愈加强烈。

例如,当中了圈套的对手连一次也没有抵抗,无力地向我们投降的时候,我们感到了强烈的愤怒。对于跪下来摇尾乞怜的家伙,便施以更毫不留情的攻击。但仍觉得不解渴。每当那时,怎么也感觉不到打猎的快感,觉得世上的一切全都很无聊。回来的路上,我们扔了无数的石头。仍然留在我们心里的扭曲的欲望和饥渴的碎片像流弹一样飞向夜海。

有时,也会打猎女的。曾经一次就抓到了三个穿梭在夜间街道的大胆的短发女孩。但我们并不想向她们施加暴力,我们所能做的,只不过是卑鄙的嘲弄和生疏的手势,那样得到的反应，仅仅是无力的挣扎和窘迫的眼泪而已。抱着手臂看热闹的大哥们，一人带走一个，我们只带着不知为何变得空虚的心，默默地转身离去。每当那样的夜，都很难入睡。

但是，并不是完全没有满足过我们类似的饥渴。比方说，我们抓到外号"大鼻子"的男人就是如此。

在离木板村不远的市场入口，有一个剧场。据说那是改造了日本殖民统治时期所建的旧仓库而建的，在城市边缘的三流剧场之一。一层的观众席，下面就是土地，只能勉强坐上屁股的用两条窄木板拼成的长长的椅子，夏天里时常散发潮湿的霉味和难闻的臊味。

可是，那里总是人满为患。偶尔放映国产电影或有现场表演的时候，剧场就被市场一带的人们和木板村的居民们填满。从一大早开始，耳熟的电影解说员的声音，通过悬挂在剧场屋顶的大型喇叭召唤着观众。扮成小丑的夹心广告人像卖豆腐的商贩一样，丁零零地响着铃声穿梭在村子里的每一条胡同。

尽管没拿红色的一元钱纸币，但我们这些孩子依然动不动就跑向剧场。然后，失魂落魄地望着大型招牌的图片和接连不断贴着的海报，以及磨破的剧照，因为着急而坐立不安。

——音乐剧团"豪华船"展示的人情悲曲《英子啊，走吧》，白佑三作，金花郎导演。

——爆笑喜剧秀《儿子福，女儿福》，全二十幕，特别出演：金正九、贤仁、朴丹玛、申卡娜里亚。

——女性国乐团"新罗"送出的歌剧《新郎》，四幕六章，出演：赵今樱一行。

上演节目的那天，剧场前往往比市场还要拥挤，不禁让人怀疑除了聋哑人、盲人，和还在吃奶的孩子之外，附近的居民都聚集来了，那数字非常令人惊讶。我们趁着秩序混乱的时机，极其认真地探寻着人群，因为，觉得说不定能抓住免费入场的幸运。

但要得到那种幸运可没那么容易，一般在最后一瞬间就被揪住脖子撵了出来，而且，毫不留情地被踢到屁股或者被打得眼冒金星。遭到如此待遇，我们怒火中烧，向着跟牛狗一样守着出入口的男人恶狠狠地瞪眼。长着令人生厌的干瘦体格和毒蛇一样的眼睛——那就是外号"大鼻子"的男人。虽然是地方擂台，但当年以拳击选手成名的那个男人，歪斜的鼻梁仿佛在证明过去的鼎盛时期似的。因此，怒火尽管在熊熊燃烧，但是我们只能转身离开。

可是，并不总是在门口被撵出来，虽然不清楚怎么可能实现，但我至今仍对那时候在那三流剧场看过的电影记忆犹新。例如，李敏和赵美玲的《春香传》、李乡和尹仁子的《命运之手》、崔银希和黄南的《梦》，还有马塞尔·卡尔内的《天堂的孩子们》，还有艾伦·拉德和弗吉尼亚·梅奥的《情欲的短剑》……那些作品带给了我无比的感动和丰富的幻想。

我总想拥有一个剧场，觉得姐姐比起在豆腐作坊里干活，倒还不如做个剧场清洁工，又想我如果是在那里卖冰棍或口香糖的孩子，肯定特别开心。但在目前对谁也不可能抱着期待，我只好每次都忧伤地转身离开。

城市边缘的那个三流剧场，算是给我们的饥渴火上浇油。我们把剧场看门人大鼻子选为那天的猎物，虽然纯粹是个偶然，但另一方面，也能看出我们平时的感情在作祟。而且，我们对轻松打发的猎物已经倒胃口了。因为那样的对手不仅使打猎本身变得无聊，而且更加刺激了我们的饥渴。至于物色猎物，我们也正越来越盼望更为强大难缠的对手。正巧那时上钩的就是大鼻子。

那天的诱饵是我。和之前描述的一样，被选为那种角色的我，带着堂皇傲慢的态度徘徊在圈套的周围。在放走一个长得虚弱的中学生之后，我又乖乖地让一个短发女孩通过了。我的目标是，能钓上体格健壮的高三男生或是自以为擅长运动就摆架子的愣头青。唱完《去汉城的十二列车》之后，从牙缝哼出《新罗的月夜》的最后一小节的时候，有个高个子男人走过我身边，吐出了这样的话：

"嗨哟！乳臭未干的黄豆大的家伙真是让人可笑啊。"

一瞬间,我的嘴唇僵硬了,并不是因为受到侮辱,而是因为认出他就是大鼻子。他轻轻弹了我的头,然后慢悠悠地走开。我全身都像火团一样熊熊燃烧。在黑暗中,我迅速地回头看了一下,确认了有数十颗眼珠子射出蓝色的光。

"嘿,大鼻子!"

脱口而出地,我突然喊道。他猛地转身。我悄悄退后,这次是慢慢地,一字一句地,明确地吐出来。

"吃屎去吧!狗杂种!"

我不太清楚那之后的瞬间。只是看到他像疯狗一样向我冲来,还听到了从背后的黑暗里我的伙伴们一拥而上的声音。在那之后,双方挺长时间都混战一处。

他确实是强大难缠的对手,就像职业或经历造就的一样,他仿佛被捕兽夹逮住的猛兽粗暴而顽强地抵抗着,但还是寡不敌众。更何况,最后被逼急了的一名大哥用之前只是偶尔吓唬对手,而实际上连一次也没用过的凶器给了他一下之后,他才投降了。结果,彼此都遭受了巨大的损失,也分不清是哪一方打猎,哪一方遭到了捕猎。

但是那噩梦般的激战过后的瞬间,我们慢慢恢复了元气,渐渐地对我们获得的成功感到吃惊。多么巨大的胜利啊!回到铁道上,被对方拳打脚踢的疼痛到那时还仍然能清晰地感觉到,就像残兵一样倒下的我们有一段时间都不敢相信自己这一天所取得的胜利。但不管怎样,对手已经跪下,所以我们的打猎是成功的。

"大鼻子那小子,只是没用的个子高而已,没什么特别的嘛……"

黑暗中,有个家伙呻吟似的嘀咕着。于是,惨淡松懈的气氛一点点找回活力,到处叽叽咕咕各自吐出一两句话。

"是啊是啊,没有想象的那么厉害。真是徒有其表。"

"那小子今天肯定伤得不轻。你们也看见了吧?不是被大哥狠狠地砍这里一下就扑通跪下了吗,然后就像笨狗一样跟跟跄跄地逃走了不是吗?"

"那小子现在可能认识我们了。要不,咱们明天去看电影吧?"

但与嘴上的啰哩啰唆不同,在黑暗中我们都抖得厉害。

五 生锈的枪械味道

洪涝在那年的夏天中期一直持续着。木板村里全都是水，我们箱子一样的屋子，还有并不比那大多少的我们的心都因为湿漉漉的潮气达到了饱和状态。里里外外全都湿透了，里里外外都散发着霉味。真是无聊生厌的雨季。

我已经经历过一次这个盆地里夏季的洪涝，就是在我们全家离开故乡，搬到这个可笑的玩偶之城的木板村的第一年夏天。但是，回想当初并不曾感到厌倦。那时，姐姐和我不能正常操持烤豆沙饼生意，父亲三轮车上的凉茶缸只能在胡同里淋个透湿，母亲对一天三顿只能用凉的豆沙饼糊口的事，又感到多么悲哀呢。进出公园另一边的避难学校也惹人生厌。操场全都变成稀软的泥地，进教室之前必须洗脚，为了洗脚在水井前淋着雨等着轮到自己，被恶魔般的家伙们极不公平地检查以后，才能进入教室。一个教室里容纳了两个班级，孩子们又浑身是水，教室成了游泳场。如今想来，真是烦躁。

　　但是,我怎么也想不起那种心情。在空房间里几乎一个人就待上一整天,我常常在想。想到仍然没有回家的父亲,再也不能回来的母亲,还有作为童养媳去朋友豆腐胚子家住的姐姐。偶尔入眠,我时常在睡梦中回到那年夏天,或那年春天。姐姐和我已经放弃了烤豆沙饼的生意,父亲在一天晚上,用处理三轮车的钱骑回来嚓啦嚓啦的旧自行车。还有,载着我们一家四口的卡车开始渐渐离开故乡的村子,母亲用裙角遮住脸低声哭泣,但姐姐开怀地笑,我呼呼地吹了口哨。忽然,在睡梦中醒来,发现该死的雨仍然敲打着油毡纸房顶,不知不觉,我的眼圈也湿润了。

　　我经常不吃早饭和午饭。因为,并不想为了填满乞丐一样的胃,冒着雨去姐姐在的豆腐作坊。看姐姐的脸也不怎么开心,再说,看豆腐胚子少了一条腿的哥哥更令人讨厌。就像朋友太吉每当闹别扭时说的一样,他是我未来的姐夫,也许因为这个我更感到耻辱。到底为什么,姐姐为什么在豆腐胚子的四个哥哥里,偏偏挑了个把一条腿扔在战场上回来的男人,那一点很让我郁闷。

　　晚饭也不吃的时候,姐姐就来找我,把藏在裙角里带来的吃食偷偷地放在我枕边,然后默默地转身离开。也许姐姐早已察觉到我的敌意,为了不招惹我,她总是小心翼翼。有时,她会偷偷钻进我的被窝里睡一觉再走,那也只是在豆腐作坊不开夜工的时候。

但再怎么样,我对姐姐的敌意还是一丁点也没有减退。姐姐的身体确实比去年冬天时健康多了,像朋友豆腐胚子一样,变得白白胖胖。在充满水汽的作坊里,我曾看见过姐姐时常明媚微笑的脸。抛开那么繁重的劳动和轻蔑,姐姐是很幸福的——我这样想。父亲不在身边,母亲去世,曾经极度绝望的她现在幸福了,在朋友豆腐胚子的家里,在那个少了一条腿的男人身边。

姐姐的那种健康和幸福更坚定了我的敌意——有时已经不仅仅是敌意,甚至夹杂了一种厌恶,比如,在姐姐身上闻到那种令人心生不快的味道时。的确如此。那是曾经跟着母亲去舅舅家,从他身上闻到过的那种生锈的枪械味道。舅舅是把一只胳膊而不是腿,埋在战场的男人。

豆腐胚子少了一条腿的哥哥身上也明显有那种味道。难得姐姐在我旁边睡着的一天晚上,他突然闯进了我们的屋子。谁也不能责备他。姐姐早已是以童养媳身份进他们家的人,无奈的是我又算是他的小舅子。我们只能呆呆地望着堂堂正正的闯入者。

他浑身湿透,身子被雨水淋透而潮湿,灵魂被酒浇透而麻痹。他在狭小屋子的中间摊开四肢一头栽倒的时候,按我真实的想法真想用木枕砸碎他的脑袋。但奇怪的是姐姐的态度。她起初还有些吃惊,但马上就镇定下来。她从像米袋一样散了架的男人身上,一件件地认真脱去湿透的衣服,像头发和脸这种身上不能脱的部分就用干毛巾仔细擦拭。我什么也说不出来,只是呆呆地望着她的举动。也许姐姐不正常——我这样在心里顽强地抵抗:姐姐是脑袋出了什么问题。

但是,姐姐的脸上并没有疯态,那只是几乎没有任何表情的、极为平淡而又安静的面孔而已。

"帮我一下吧。"

姐姐跟我说,声音低沉。虽然对姐姐和那个男人充满敌意,我却不知出于什么原因不能拒绝。我和姐姐一起,好不容易把他挪到一边,这时才看到那个男人的假肢。

在三十瓦的模糊照明下,它冰冷怪异地搁置在那里。如同被锋利的匕首刺了胸膛,我记起曾经见过的舅舅,而且再次闻到了在他身上闻过的生锈的枪械味道。

因为整夜的挖掘,我没睡好觉。无论挖到木板村的哪里,都能挖出各种各样的武器,从 M1 步枪到迫击炮弹,从断开的战刀到坦克的履带碎片,从刻着军号的铝合金碎块到破裂的钢盔……那些东西无论模样、大小和用途都各种各样,但有一个相同之处就是,都生了红色的锈迹。

没在实际中见识过战争的我,受到了极大的冲击以至于喊出声来:

"哎呀! 这里,是这里! 就在这里打了仗……"

然后,突然醒了。门窗开始亮了。男人深深地沉睡,但姐姐以端庄的打扮坐在枕边。

"你哪儿不舒服? 怎么说胡话呢?"

说着,姐姐摸上我的额头。

"闪开!"

声音之大连我自己也惊讶,我甩开了姐姐的手,然后,把被单扯过盖在头上。

突然很厌恶姐姐,因为无论她的手,还是身子上,都散发着呛人的生锈的枪械味道。

七 更小的箱子

　　太吉的小房间是这段日子以来我经常出入的唯一场所。由于洪涝仍在持续，那有趣的夜间打猎也没指望了。待在屋子里虽然让我极其心痒，但也不能像小狗一样在泥泞的胡同里乱窜。一天二十四小时在箱子一样的房间里待着，只能对世上万事进行唾骂。那种情况下，太吉的小房间也成了唯一的避难所。当然，仅限于他脾气古怪的母亲外出的时候。

　　他们家的屋子和木板村大多数居民的一样，就像个长方形的箱子一样。在那空间的一角，用几张刨花板，马虎地做成隔间，那就是太吉一个人用的小房间。那个小房间就像在大箱子里放小箱子一样，又窄又暗。

　　太吉除了一位寡母之外，没有其他家人。邻居们不管人口多少，都要挤在一间屋子里生活，谈起这点，只有母子俩的太吉家为什么一定要把小小的空间隔开做个小房间，这一点我从未想过。但不管怎样，那个小房间对我们来说是非常棒的游乐场。

大雨依然抽打着木板房顶，有时冰雹敲打它发出的声音就像打着架子鼓。全世界都被雨水淋透变得泥泞的时候，我们却在那个小小的方舟里安然无恙。"雨啊，"我们这样哧哧地笑着呐喊，"给你炒黄豆吃，下得更猛烈些吧！给你蒸土豆吃，使劲地下吧！"然后，向天空挥拳头，像合唱似的骂脏话。

大箱子里的小箱子，隐藏着另一个神秘的世界。那个世界无限自由、无比温馨，而且充满了某种隐秘的气氛，被贫困蹂躏着的我们的心也在那里奇妙地变得柔和丰茂。尤其，总是被古怪的寡母给予残酷惩罚和干涉的太吉，看上去最有活力的时候也是在小房间里。我们看着彼此的面孔嬉笑，发出奇怪的声音，活蹦乱跳，激动地倒立。

太吉像土拨鼠一样精明地翻弄屋里的每个角落，找出各种奇奇怪怪的玩意搬回小房间。但在这里并不能一一列举，因为，那里夹杂了现在想起来也脸红的东西。举个例子来说，也是那时候第一次摸到避孕套。当然，我们并不清楚它的用途，但要说一点也没有感觉那是说谎。我们带着非一般的关心，这样那样地仔细观察那东西，手指插进去翻看，最后还认真地往里面吹气。

"不管怎样是美国货。"

太吉把那个东西放回盒里后又乖乖地放到原来的位置。

并不是只有那些莫名其妙的东西,除此之外还有很多小道具:据说他母亲每天早上赌运气用的陈旧的画,留着时常来他家串门的老人们——太吉叫他们同乡——的手印的骨牌和棋子,还有像栗子一样用豆粒做成的翻板子和古色古香的长鼓、美制卷烟、残留着酒精的酒瓶等。

我们时常被那些东西迷得神魂颠倒,真不敢相信乏味的时间会过得那么快。在那里,总是有种时间被掠夺了的感觉。因此,为了在有限的时间内能做更多的游戏,我们不得不总是匆忙地赶时间。在玩遍了所有的小道具之后,又吧嗒吧嗒吸着美制卷烟,不禁咳嗽着,呛出了眼泪,一点点地,最后连酒也沾了。虽然生疏,但是这些都是在那个小世界里才能得到的美妙体验。

但我们那隐秘的游戏终于露馅了。太吉再怎么费尽心思把事情隐藏得天衣无缝,他母亲也不可能完全没有察觉。她比预定的时间提前很多就回家了,我们理所当然被抓了个现行。

这是意料之中的事。比任何人脾气都古怪的她,冷冷地盯了一阵我们这两只被捕兽夹逮着的小动物,似乎在考虑怎样处置我们方可解气。她眼睛里喷出了毒气,我们立刻畏缩起来。我低着头想道，可能要先咬脑袋。

　　我可怜的朋友太吉毫不留情地被扒得精光，然后被施以一次毒辣的抽打，露着小鸡鸡被赶上街道。每天挨打都爱耍宝的太吉，这次只是保持了痛苦的沉默，被赶到下着雨的胡同里的小小裸体像受虐的狗一样只是在雨中颤抖着。

　　然后，轮到我了。但她既没有扒我的皮也没有打我小腿，反而拉着我去姐姐那。她狠狠地揪住我的一只耳朵，大摇大摆地走在村子狭窄的胡同里还大喊大叫着，说看看这怂恿她乖儿子、干了比土匪还恶劣的事的——这全都是从她的话中引用来的——"放屎汤里炸死也不甘心的小杂种"。

　　姐姐脸色苍白。太吉的母亲唾沫横飞地说："要是当爹的蹲监狱不在，姐姐最起码也得好好看着弟弟吧?"这时候姐姐面无血色。豆腐胚子的家人都跑出来，邻居们也冒着雨参差不齐地站了出来。但不知为什么，我的心出奇平静，反倒感觉安心。

　　那天晚上，姐姐找我来了。尽管她还是什么话也没对我说，但直到深夜还一直哭着，像虾一样缩成小小的一团躺在我旁边，无声地哭了很长时间。像洪涝一样乏腻的那种哭腔。自从母亲去世以后，那样长时间的哭泣还是第一次。

　　我始终装睡。因为除此之外，我也不能做什么。幸亏姐姐身上没散发着那生锈的枪械味道。也许,那令人不快的味道已经被她大量的泪水彻底冲洗掉了。虽然失眠,但我难得地沉浸在宁静的气氛当中。

七 消瘦笨拙的手

父亲终于回来了。整整一年之后。

没错,是"终于"!

我一定要这么说的理由是,他归来得太迟了。

那时候无聊厌烦的洪涝像自己疲倦了似的渐渐现出消退的兆头,那时候如黑色的岩石层那样压在木板村的天空逐渐放晴,耀眼的阳光一天三四次地探出来,照耀着好像湿抹布一样潮湿的村子。

那是在黎明时分。我突然醒来,发现有谁静悄悄地在我枕边坐着。

是父亲!

凭着第六感,我一下就那样断定。它像箭镞一样飞快地穿过我蒙眬的意识。我猛地坐起来,然后确认,是父亲。我又愣了。

像往常一样骑着嚓啦嚓啦的旧自行车出门的父亲,自打

那时起整整过了一年才回来。我呆呆地想：父亲不在的一年
来都发生了什么？但令人烦躁的是，我没有捕捉到任何清晰
的记忆。我茫然想起——是哪儿来着？——冻僵的河面，忽
然间记起姐姐抱着装衣服的包裹走出胡同时的背影，还有，
猛然间回想起许多个夜晚幻听到旧自行车嚓啦嚓啦的声音。
所有同茫然的记忆一样模糊的悲伤一点一点涌上心头。

也许只是因为那个自行车。我冲过去打开门往外看，仍
然没看到自行车。被雨湿透的锯末和煤核散乱地洒在门前
胡同的地上，夏天黎明的晨光像旧抹布一样变得湿漉漉，父
亲的那辆旧自行车并没有出现在眼前。我当然没忘记跟崔
班长一起去见父亲的事。尽管那样，对我来说父亲以这种方
式归来——没有了那辆嚓啦嚓啦的旧自行车，在邻居们还在
沉睡的时候像小偷一样偷偷溜回来——无论怎么想都觉得
很奇怪。

在挺长一段时间里——对我来说是那样——父亲都没
说话，他伸长脖子搁在曲起的两个膝盖之间一动也不动。我
之前从未看过父亲把头发剪那么短。也许对我来说，这一点
也是不敢相信父亲归来的理由。我可以在那陌生的容貌中
找出一直以来藏匿得很好的两个旋儿和一个挺大的伤疤。

"什么时候啊，那是？"

我这时才听到了父亲的声音，是被什么东西噎住的嗓

音,反正觉得很疏离。仅此而已,父亲慢慢抬头望着我,一点也不生疏。在那儿,有张像是我对自己的小手一样熟悉的脸。

至于父亲在问什么,不言自喻,但是我没能及时回答。尽管努力想记起确切的日子,但不知怎么没能一下子记起来。冬天……去年冬天的那种寒冷、坚固封冻的河面、一把灰色粉末,还有回家的路上让冻僵的肚子变得暖融融的热乎乎的面条汤……除了那些记忆之外,只有那天深沉的悲恸涌上心头而已。在夏日的清晨,我感到了咔嚓咔嚓地掏空心脏的寒气。

父亲不再问起,呆滞的眼神扫过屋子的每个角落。曾经一度,我们一家人——父亲、母亲、姐姐,还有我,那样四口人叠肩入睡的狭窄的箱子一样的屋子如今变得冷冷清清。他茫然地环顾母亲,还有姐姐本应当占据着的空间。

在搬到这可笑的玩偶之城的第一天,我在摇晃的"阁楼"五斗橱上睡觉的狭小屋子,在他眼里也许像冬天的田野一样荒凉。

"估计是腊月初二……"

父亲重重地垂下头,过了挺长时间才说:

"我……料到了。我做了很不祥的梦,几天之后从崔班长那来了急电,说你娘病危……然后,就没音讯了。左盼右盼苦苦等待,但再也没有任何消息。过后想想,你娘当时已经死了……算算我做了噩梦的日子和崔班长写信的日子都是在腊月初二这一天。"

他赤着脚。突然,我看见几滴泪水扑簌簌落地在父亲消瘦的脚面上炸开。我开始喋喋不休:

"姐姐住在豆腐作坊。是一个叫豆腐胚子的朋友家。她家挺有钱。还有四个哥哥呢……是妈妈送过去的,姐姐也没不愿意,所以衣服什么的都收拾了……"

但是,唯独没说姐姐是以童养媳身份过门的。我想那并不完全是为了父亲,更多是为了自己,不想那么说。我原以为父亲回来,姐姐也理所当然地要回家。

"但是偶尔也会回家睡觉。我也是每天去那家吃饭。"

但是从父亲那再也听不到任何话。他向双膝间深深埋着头,直到黎明的晨光白白地染上纸窗,也没有再抬头或开口说话,仿佛石像一般变得十分僵硬。

闭上嘴的我偷偷地注视着父亲又大又瘦的手。在乡下生活种地的时候,搬到这可笑的城市摆弄菊花饼铛和凉茶杯的时候,还有,推着那辆嚓啦嚓啦的旧自行车出胡同的时候一贯地看上去有些粗糙笨拙的两只手——那毫无疑问是父亲的。那双手现在不停地搓着裤脚。破旧的裤腿直到膝盖都被撕破成一缕一缕的耷拉着,比手还瘦削的小腿完全暴露出来。父亲分明完全意识不到自己的行为无疑是在和自己的裤子执拗地较劲，每次都用又大又瘦的手掌攥着起球的旧布块，放在地上。

八　谁也不曾等待

　　我们邻居中，最先察觉到父亲归来的是老金夫人。二战受害者老金实际上在我母亲之前就告别了像玩偶一样的人世间的木板村，所以她现在是寡妇的身份。这是父亲不在的那一年以来，在我们邻居中发生的各种各样的变化之一。因此，老金生前聊天的伙伴崔班长，还有旧货商老郭等人也不再频繁地登门拜访。

　　老金夫人的性格依然活泼，看上去几乎一点都没有改变。她仍然对邻居的事情表现出热情的关心，对她家孩子们无节制地吃零食也依然宽容。如果在家门前的胡同等地方偶尔碰见以前一起聊天的，依然毫不犹豫抛出粗鲁笑话的一方反倒是她。每当那时，连以"老婆舌"出名的老郭也常无言以对、手足无措。因此，邻居们常常忘掉了去年冬天下着鹅毛大雪的那天，一直躺着生活了近十年的原爆症患者老金最终被放进粗糙的棺材抬到胡同外的记忆，错以为他还留在屋里,她也以一贯轻松的态度伺候他。

"我猜对了呀。"

表情惺忪地来到我们家的老金夫人说着,一屁股坐在炕上。

"我估计时候已到了……怎么样,吃了不少苦吧?"

父亲慢慢舒展了僵硬的姿势,然后,头往一边倾斜,一瞬间露出了不自然的微笑。但是由于直到此刻固执的悲伤仍然抓住他不放,笑容立刻就被抹掉了。犹如生锈的机器,父亲的脸看上去很艰涩。

"算不上苦……"

只是勉强那么回答了,刹那间,他的双肩失控地颤抖着。

"不管怎样受累了,大伙儿都这么说。那地方不适合进第二遍,但作为男人也值得进一次……过去的事还想着它干什么呢?应该想想怎么养活他们。要不是因为孩子,我们不早就披着草垫躲进山里了吗?来,起来去我们家吧,我给你做顿早饭……"

但父亲一时没有动静,只是拼尽全力咀嚼着如葛藤般硬的东西而已。咬在两颗槽牙之间的东西是什么呢?我在他们之前出了屋。老金夫人的声音流到胡同外。

"哎呀,算了吧。这胡同里的人要全都像老张一样早就该泛滥了。"

从窄又脏的胡同尽头开始,许久不见的夏季早晨的红彤彤的阳光正一束一束地钻进来。我没有着急而是慢慢地走向豆腐作坊。什么也不去想,包括父亲终于回来的事。

得知父亲回来的消息,姐姐一时之间表情呆滞,然后,马上就继续手头的事了。大约五六平米的作坊因为热气腾腾的水汽几乎令人窒息。在那里,豆腐胚子的四个哥哥用心地磨着石磨,大大的铁锅里豆浆沸腾起来。

姐姐和朋友豆腐胚子比起来并不差,她比原先胖了,看上去像新媳妇一样漂亮。四方端正又精制的豆腐块一个一个从她手中放下来沉到水槽里面。

"怎么回事?你说谁回来了?"

其中一个哥哥一边推着石磨一边向我问道。我没有回答。在战争中失去一条腿的男人也在其中。我那未来的姐夫跟往常一样,只是紧闭着嘴忙活自己的事情。我记起了从他身上散发出的生锈的枪械味道,但我想以后再也不用闻那个味了。以后在姐姐身上,也能把那个味抹掉。

我断定姐姐这次也应该回家了。对我来说只有这个愿望成了我的安慰。

"让你快点回来。"

我煞有介事地说了谎,

"收拾衣服,让我赶紧把你带回去……"

直到那时依然表情呆滞的姐姐，这才放下手里的活转向我。然后，用围裙一角偷偷擦着湿手。不知为什么她的耳根通红。

我盯着姐姐的脸，早在心里把舌头伸出一尺长，但实际上却泄了气。突然，我回想起来。

到哪儿了？

到铁道边了。

到哪儿了？

到胡同了。

到哪儿了？

…………

我记起了和姐姐一起等待父亲的无数个夜晚，但我们的等待总以失望告终。向夜的最深处聆听的我们的耳朵里，旧自行车的嚓啦嚓啦的声音最终也没有传来。也许，我们迫切的等待在母亲死亡的那一刻就停止了。所以在这个早晨，父亲的迟归对姐姐来说——也许也包括我——似乎没什么太大用处。谁也不曾等待。真诚等待父亲归来的人，已经不在这世上的任何一个角落。

我非常泄气，悄悄地转身离开。

九 夜 市

　　我想豆腐胚子的母亲和我父亲之间并没有什么新的交易。因为该算的账早就算完了,而且父亲的计算还没精确到对那事提出异议的程度。

　　尽管父亲终于回来了,但几乎什么也没有改变。姐姐仍然住在豆腐作坊,像朋友豆腐胚子一样继续变胖,一天一次短暂地回来一趟,而且还只待在厨房里。我再不会为了填饱肚子去找姐姐,但是由于生锈的枪械味道的幻觉,我几乎不吃姐姐做的饭。自打父亲回来以后,很怪,这幻觉更使得我反胃,对她的厌恶感也与日剧增。我基本就在外面填饱肚子,吃不上饭就干脆饿着肚子进被窝,每当这时就要感谢已被饥饿驯服的身体。

　　至少在父亲回来之前,我的心总是在家里,应该说尽管在外边乱窜,我的心总是守候着我们的空房间。虽然在朋友太吉的小房间里,在城市边缘的三流剧场前,在有趣的夜间打猎中,一时间不知不觉地魂不守舍,但我照样赶忙回到我的房间。

那也许是因为等待。但即使那样,也并不完全是在等父亲回来。理所当然,我等待父亲回来,等待姐姐回来。与此同时,我又茫然地等待永远告别人世的母亲,还有除此之外许许多多其他的人。

我的那些等待往往在梦中实现。例如,离开乡下向未知的城市突突驶去的货车上坐着父亲和姐姐,还有母亲,并且在我们曾经一度做买卖的那条街上,仍能清晰地看见在三轮车上载着手捧凉茶缸的父亲和用心烤着苏打味豆沙饼的姐姐,还有用水桶挑着有铁锈味的水的母亲。我们一家人都在一起。虽然在陌生的城市刚刚开始荒疏的生活,每张面孔上也看不出太多的不幸。

每当在梦中醒来时我俨然是这样期待:如果父亲回来,我们家会重新回到那样的日子。

打破我茫然期待的却是父亲的归来。明显地,无论姐姐、母亲,还有除此之外的所有都再也不能回归原位。尽管这是理所当然的,但这的确将我驱入无比的被背叛之感。我的心再也不愿意守候我们的空房间。不等天亮,我就跑出家,夜深人静了才回去。在木板村外的街道,在公园、剧场街和市场等地方,我像狗一样窜来窜去地度过一整天。

认识善良的朋友"小瘸子"就是这个时候的事。直到现在我还能生动地描绘出那个朋友的模样。他是个身体孱弱、头畸形般的大、眼珠突出的少年,他肩上扛着擦鞋箱,腋下夹着小板凳穿梭在湿漉漉的晨雾中,勤奋地"巡逻"着旅馆,像跳舞似的一瘸一拐……

虽然洪涝已经过去,但与期待有所不同,我们夜间打猎并没能顺利进行。不知怎么,打猎的兴致还没有恢复,缺席的人数剧增,再加上大哥们也不知为何很消极。也许因为天气太热,洪涝结束就是酷暑。我们在铁道边成群围坐,但也仅仅是围坐在一起时不时唱些猥琐的歌,向黑暗的天空扔石头,然后纷纷散去。大哥们越来越神经质也是这个时候的事。

这时我常去的地方是夜市。小贩们堵塞了公共操场前的大道,每晚都在那里摆夜市。按照大人们的说法,那里一样不缺,什么都有,但也没有一件像样的东西。

但依我看,那是无论什么都特别丰盛的地方。在摊上排排陈列的食物那么多;明显看得出是救助物资的衣物那么多;比国产更多的美国日用杂货那么多;还有夜越深越猖狂的酒鬼和娼妓也那么多。

对于一整天像癞皮狗一样乱窜在城市街道的我来说,正是又饿又累的时候。挤在夜市里的街道,我最嘴馋的无疑是摊上摆着的所有食物。在架子上滋拉滋拉烤着的鲸鱼肉和秋刀鱼段,在油光光的鏊子上的绿豆煎饼和糖馅饼,装在罐子里的疙瘩汤、糯米团和绿豆粥等——我望眼欲穿地注视着模样、颜色还有味道各异的食物,嘴里流着满满的口水。

对于那些食物的关注,其他人的反应大概也一样。摊子前面往往比别的地方聚集了更多的人。我时常羡慕他们旺盛的食欲,从衣衫破旧的背着背架的人到挎着菜篮子的妇女,他们围着摊子参差落座大口大口地吃起来。看着那种情景,我想仿佛这城市的居民完全是为了一时半会儿舌头的享乐过着一整天。似乎只是看着,我小小的胃也一下子就能被填满。

其中,夜市入口卖糖馅饼的那家客人最多。为了吃到那家的糖馅饼谁也不能例外——就连市长也是——只好排队。几步远的另一家糖馅饼店里飞着苍蝇的时候,那家还是宾客盈门,这其实是有原因的。

首先是大小。对于长时间以来都没有填饱过自己的大多数市民来说,这点比任何都具有无法忽视的魅力。那是比起质更优先考虑量的时期,即便是用泥土和出来的。无论如何,糖馅饼的大小真是令人满意。

“再怎么算都是薄利多销……”

顾客中也有人这么担忧老板的如意算盘。

"这样下去是不是得靠卖田来供着糖馅饼生意呀……"

可事实是老板确实是靠卖糖馅饼来补贴农耕的。

但是,最吸引客人的首要原因还是糖馅饼的味道。它足以融化掉我小小的舌头。用面粉、酵母和苏打,还有糖精一起和面,还有里面包裹着添加红薯的豆沙馅,并没有什么不同却特别吸引人的那种味道——其中肯定有秘诀,但曾经一度使用过二十四窟窿的饼铛烤制豆沙饼的我也是摸不着头脑。为此还传开奇怪的谣言。说那家糖馅饼店和面的时候,偷偷地放了什么东西,被某些人确认为是蛇粉,大致就是这么说的。

"吃过蛇的人就知道那味。的确,就连在大麦糠饽饽里放一点那个,就不可理喻的美味……"

在那家店里有三个用从中间割断的铁制油桶做成的火炉。五十多岁的严重秃头且脸像面团一样白而松的老板还有看上去无疑是他老婆和女儿的两个女子——这样三个人凑在一起不停歇地汗如雨下地烤饼,即使这样客人们也总是排着队等。直到夜深罢市的时候,他们才停下手,那时他们就把剩下的糖馅饼一人一个分给仍留在店铺前没有离开的,手和衣服,有的连心灵也脏兮兮的孩子们。于是孩子们不约而同地伸出又小又脏的手,喊着我也要我也要。

每次回想起去年冬天的事,我就脸红。再也没有像那一瞬间一样，觉得自己曾经一度拿着饭盒走到各家门口的乞讨行为如此耻辱。我怎么可能不想伸出手呢？但是，我想毫不留情地踢那些不要脸的孩子们的屁股，咬牙切齿，有时甚至想在那善良的糖馅饼店放一把火。

太吉，更因此是我的好朋友。因为比起伸手，他是偷，比起偷，他是从弱者手中抢过来，多么理直气壮啊！所以，与他同行，我绝不会空手而归。那时候差不多是些到季的香瓜、没熟的玉米或夏季土豆、沾上香喷喷的海草的鲜贝饼干，或是一把有味的籼米——不管怎样和他一起巡逻一次市场，总能用什么东西垫垫肚子。

毫无疑问我既没有踢那些家伙们的屁股，也没在糖馅饼店放火。尽管叫骂声几乎脱口而出，最终还是耷拉着脑袋转身。但有次有个人挡在我前面。他就是擦皮鞋的小瘸子。

"你住在木板村吧？"

他问我。回答之前，我先脸红了，不知怎么觉得忍无可忍。我盯着那个家伙。

"我也住那。"

他往上提提擦鞋箱说道。觉得有点面熟，但那又能怎样呢？我没好气地回答：

"所以想怎么样？"

"没什么……"

那家伙随意笑笑,终于激怒了我。我敢说,那家伙把我当成那些孩子们中的一个了,而且分明在嘲笑我没有得到自己的份。我向那家伙扑过去。

我们的打斗并没持续很久。因为虽然是残疾,但他还比我大两岁,而且连要打的意识也没有。再加上场地是市场,大打出手根本不可能了。我们的战斗以脑袋瓜分别被大人们打了一次而无聊地告终。

"你,想不想和我一起干擦皮鞋的活?"

在回来的路上,一瘸一拐默默地跟在我旁边的他突然说道。

⊕ 能走遍世界的箱子

　　用两个苹果箱做成了擦鞋箱和凳子,是在第二天下午。小瘸子都没用称手的工具,就以熟练的技术完成了。我想,他虽然现在是擦皮鞋的,但将来会成为像酒鬼老朱那样有名的木匠,尽管残疾的腿有点说不过去。

　　当他用了整个下午的时间终于完成时,说实话,我觉得有点难堪,因为背着那些走上街道太难了。

　　"没什么,只要学着我的样跟过来就行。"

　　小瘸子用砂布抹蹭新擦鞋箱的表面,又涂抹鞋油做成很旧的样子好让我显得经验十足。

　　"看,到这种程度任何人都不会认为你是新手。好,好极了。从明天开始,我们俩就是搭档。"

　　然后他向我嘻嘻笑了,就是前一天伤了我自尊的那个笑容。我并没有感到愤怒,反而感受到了友情。

　　直到第二天早上,他准时来找我的时候,我也还没作出决定。但由于已经不是抽身而退的好时机,我无奈地跟他出了门。肩上扛着的擦鞋箱和夹在腋下的小板凳带来的压力是不曾感受过的巨大,我想还是拿着军用饭盒出门的时候更泰然舒坦。

小癞子一出木板村胡同就把我撇在街道一边,自己走到对面。然后,开始向市中心高喊"擦皮鞋",慢悠悠地走起来。没错,我们是俩搭档,我这样在困惑中给自己打气。作为"同事"要想尽到我的义务,我也应该那样做。小癞子勤快地喊着:

"擦皮鞋!擦皮鞋啦!"

但是对我来说那可不容易,心中由于矛盾都要炸开了,我如鲠在喉。街上的所有视线——连映入眼帘的事物——也都看穿了我的心,与其扛着这难为情的擦鞋箱出门,不如像太吉一样晃着小鸡鸡走路更觉得自然。尽管真的很对不起我同事的举动,但我像哑巴一样紧闭着嘴,只是慢吞吞地跟着他走。

迎来了第一位顾客。不顾小癞子的热情和老道,与那个顾客"打交道"的人却是我。我惶恐地慌慌张张用手示意我的同事。

当然,我事先接受了几乎可以说是充分的培训。不顾那些,当坐在板凳上的中年绅士在我俩的擦鞋箱上各放了一条腿时,我非常慌张。按照我师傅的教法,首先应该用牙刷刮掉鞋底边的泥土,掸掉灰尘,清除污渍,然后涂抹鞋油蹭得发亮。但由于太过紧张,我在用刷子刷之前就涂抹鞋油,因为失误反而更慌张竟失手在顾客干净的袜脖上抹了鞋油。

"你看来是新手啊。"

俯视着我慌张模样的顾客说道。我答不出话,脸烧得滚烫。

小心翼翼地偷瞄着顾客脸色的小瘌子立刻答话。

"他才刚刚干了三天而已。我擦完这边之后另一边也给您好好擦,所以请您不要担心。"

至于我,没有勇气抬头察看那个绅士的表情,但看上去他绝没有因为我的失误而变不快。

"那当然了。"

绅士说。

"擦鞋也是出色的技术之一,所以不是一开始就很容易做到的。我呀,知道我从北越过三八线往南去的时候,刚一开始做的是什么吗?跟着修鞋铺从修鞋的基本技术开始用心学。人啊,不管是什么至少掌握一门技术,才能随时随地都好混口饭吃。所以我想到,修鞋才是到世界各地都能用上的技术,既不难,也不需要多少本钱……只要扛一个工具箱走出门,无论在什么地方至少都能挣到最低限度的钱。擦鞋也一样,只要扛一个擦鞋箱就能走遍整个世界,是非常好的技术……"

除此之外,他还讲了很多关于处世的道理。现在想来,是听了最值钱的经济学课程。关于吃和生存,关于金钱、职业和人。

我这才鼓起勇气看了那个人的脸。他朝我静静地微笑着。我感到某种东西满满地涌上胸口,重新致力于擦那只皮鞋。然后,认真刷,涂抹鞋油吐点口水蹭得发亮。汗珠掉在鞋头上。

可是我并不能在短短一个早晨的时间之内就赶上小瘸子的经验老到,尽管使出浑身解数,我擦的那只鞋还是根本无法与小瘸子的相媲美。但绅士并没有表示不满,我的同事表示要重新擦,他也拒绝了。

"没必要。反正是穿在有味儿的脚上,难不成它还能成为勋章吗?好了。辛苦你们了。"

穿着俨然变得不成双的皮鞋,他匆匆离去了。

十一 粗野的城

凌晨,我们早早出了门。同事小瘸子说是为了提高收入,经常不等宵禁结束就敲打着我家的房门。父亲什么话也没说,仅仅是以惺忪的表情往外看一眼勤快地走在依然黑暗弥漫的胡同里的儿子的身影,然后打出无能又懒惰的哈欠。

这时已经到了该"巡逻"旅店街的时候。小瘸子说要赶在别的孩子们之前,一个劲地催促我。我们出发晚了的时候干脆从一开始就跑步,两个擦鞋箱叮当乱响。

"他们是出了名的。最近不是总被他们抢先一步吗?快点跟上!"

他气喘吁吁地说。那一瞬间连他残疾的那条腿都比我正常的腿更强壮。紧紧地跟着他时,我常常沉浸在毫不相干的想象中,那是因为勾起了关于捡柿子花的记忆。

的确是。生活在乡下的时候,当柿子花凋谢得一片白,孩子们经常在凌晨醒来,有时还没等夜晚离去就揉着干涩的眼睛走出柴门。姐姐和我走过整个乡间小道寻遍所有的柿子树。在别的孩子还没碰过的树下，小小的柿子花如绒毯般在地上铺盖了一层白色。能听到个头颇大的柿子随着夜里的风吧嗒吧嗒滚落在地上的声音的夜间自然也失眠。公鸡一打鸣我们就跑出去，那样的天可以拾到满满一箩筐，或一料斗的落地果。

再怎么勤快，也不能一一找遍城里所有的旅店。因为我们能进出的地方是限定的。能够不被干涉地进出的，是在市场街或车站周围便宜的旅店之类的地方，不管怎样越是那种营业场所越是各个房间都有客人寄宿，随意脱下的皮鞋不分男女，杂乱地滚在房门前。

小瘸子的手像机器一样迅速准确，再怎么脏兮兮的皮鞋，擦一双也只需五分钟。但对于我来说，最少也需要二十分钟以上。由于工作时间很短，整套运行的步骤了如指掌。我们晕头转向地跑来跑去，不知不觉间城市的一片天空被染红，扑腾升起的旭日照上了额头。

因为我们是搭档，所以说好了收入公平地各分一半。我总是对小瘸子感到亏欠。虽然公平分配，也得考虑工作量的均衡。经过一番考虑之后，我提议揽活的事我来，消化的事由他负责。这个方法被认为能够提高工作效率，立刻付诸实践。

但是在这分担制上，我也总落后于他。因为他凭借长时间的老道经验消化了我招揽的擦皮鞋的活，连一分钟的误差也没有。但是我的角色，常发生出乎预料的事。寄宿旅店的客人当中，肯定没有人从傍晚就开始贪睡。我时常因为在凌晨叫醒熟睡的旅客而遭殃。要是碰到脾气坏的老板，耳光就没完没了。有时还遭人怀疑是小偷，衣服被扒得精光。不管怎样应该要有眼力和胆量，但也有在旅店一无所获的时候。

　　每当那时，理所当然地要在搭档那里遭到督促。小瘸子当当地敲打着擦鞋箱喊：

　　"喂，没有吗？没必要问，直接全收过来呀。那里不会全都是胶鞋吧？"

　　我并不埋怨善良的朋友小瘸了，他也只不过是为了鼓励过于谨小慎微的搭档，我更多地应自责自己的无要领性和当天的坏运气。我只能红着脸又闯进别家。

　　我这个角色最大的困难实际上另有其他。虽然旅店街的风景大概都一样，但市场街或车站周围的便宜旅店问题就多了，尤其是红灯街的营业场所更是那样。因为生存的艰难、粗野、厚颜无耻，这些太过于频繁地使我幼小的心灵受到刺激。

　　即使是整个城市都在疲惫的沉睡中时，也有徘徊在胡同外面的女人，也有在如同陈列柜一样的屋里孤独地打牌猜测着当天运势的女人,有时也会有像抹布一样醉醺醺的男人和面孔像杂草一样的女人,从大清早开始互相揪住衣领,用各式粗鲁的话相互回敬。我还曾亲眼目睹过只用一条内裤遮羞的女人,仿佛梦游似的,光着脚噌噌走出来,狼藉地弄湿整个狭小院子的水泥地又重新爬回自己的洞里倒下。除了这些,我到处都能遇见所有猥亵的情景,但没有必要一一列举。只不过,我至今还记得小瘸子曾说过的话:

"这有什么。他们都是些完全暴露着生活的人……"

我无奈地只能再次寻访丢尽脸后退出来的地方。可能有一点——也许几乎完全——是因为正处于炎热的季节,他们好像连最低限度的遮羞也抛弃了。这样一来,对于只不过找寻别人有味儿的皮鞋的我来说,没必要特意躲藏。我大胆地穿梭在其中找活儿,没受到任何人干涉,因为对于像我们这样的家伙来说,越是那种地方越不可思议地表现出宽大。

我与我们村子的寡妇女儿的碰面也是在那些营业场所之一。她独自坐在一个沉睡的男人旁边,无聊地抽着烟。可能是由于炎热的缘故,巴掌大小的房门敞开着,犹如洞的内部一眼就能看到。我突然想到寡妇的女婿。寄生在她的单间屋,而且正因为那样有时在半夜吵架,遭到所有邻居们的嘲笑,还是比谁都频繁进出强氏理发店的,徒有其表的那个狼狈的男人……可我确认了睡着的男人的脸,分明是陌生的。

见我往里瞅，她先开口说：

"给我擦一下那双皮鞋。"

我答应了。由于只是用最少的布块遮羞，我可以清楚地
看到她身体的一切。尽失血色的苍白的脸和纤细的脖子，还
有清瘦又虚弱的肉体。我断定她的身体状况比看上去的更
加严重。众所周知，在酒吧上班的她，下班时间很晚。看着
她被宵禁的警报声推着后背，嗒嗒地走在黑暗的木板胡同，
我总是心惊胆战，因为被酒精和疲劳折磨的她，步态看上去
似乎马上就要折断。我知道，即便那样，等待她的只有如同
箱子的单间屋，比十个男人还要强悍的寡妇母亲，还有无所
事事挤在中间，每晚都以不让做爱为借口引起骚乱的那个男
人而已。

房门前的地上滚着两双皮鞋。毫无疑问，一双是她的，
另一双是睡着的男人的。当我拎上两双皮鞋时，她又说：

"不是，只擦这边的。"

我拎着像她自己一样小巧又陈旧的两只皮鞋转过身。
那时我才有所察觉，在这种场所与她碰面我竟一点反应也没
有，既没有受到惊吓也没有受到冲击。我泰然地把那些丢在
小瘸子面前。

结束完旅馆街"巡逻"的我们，在常去的饭店吃了迟到的

早餐。每人点了两份乌冬面，边吃边把在早晨工作中获得的
收入公平地分摊。我每次都有两种矛盾。吃了两份也还对
乌东面爽口的味道流连忘返是其中之一，还有则是对分到我
们一半收入的那公正性的无奈的惭愧。

　　但是我每次都在那两种矛盾中，没能解除掉任何一种就
出了饭店。然而这天又多了一种矛盾。是因为关于寡妇女
儿的记忆。虽然她没有认出我，但我感觉已经成为她的
同谋。

十二 地　盘

可是,擦鞋箱只是擦鞋箱,不能成为走遍世界的箱子。我明白那一点也用不上多长时间。

接连好几日都持续着炎炎酷暑,是袭击我们城市的最后的暑气。市中心的柏油路像黑色的麦芽糖一样黏软,中午时分连来往的行人也非常稀少。城市好像在跟杀气腾腾的酷暑进行着没有炮声的战争。

胜负显而易见。商家们打着厚厚的遮阳伞,用报纸盖着陈列柜的玻璃,在大马路上不停地洒着水,尽管那样也不能抵挡蒸腾的热气。暴露在烈日下的所有东西都像被扔进沸油里的烤鸡一样被烧得红彤彤的。甚至连人们的心灵也变得更加粗糙和干枯。

我是独自一人。当凌晨的工作结束,我们的搭档关系就暂时解除,从那以后,就得分头行动。那当然是小瘸子的提议。这次他也说是为了提高一点收入,但对我来说根本就没有提出异议的立场。我们总是在吃饭的那个饭店前面别过，从那时起我变得无力又孤独。

我没有像我的搭档一样抱着应该提高收入之类的执着念头。因为，我想即使提高了比那更多的收入，今后也没什么特别的东西能够得到改变。如果我需要更多的收入，那应该是在很久以前，在姐姐去豆腐胚子家之前，在母亲离开人世之前，在我父亲记录羞耻的前科之前。

父亲早就开始赚钱了。他做的事比我的更不需要本钱，因为，只有一个用木方子马马虎虎做成的背架就足够了。因此我的收入没有多少用处。经过考虑，我做了一个小箱子，通过上面的洞把当天的收入放进去。但由于没有什么特别目的，每次放进去之后我都会忘记这件事。

由于对收入不太关心，白天里我主要做的就是消磨时间。扛着擦鞋箱，我游手好闲地游走在城市的街道。现在已经差不多会喊"擦皮鞋!"或"擦皮鞋啦!"可我差不多都是闭着嘴走。

我不太清楚过去的战争以什么方式席卷了这个城市而后离去，我目睹的只不过是到那时还处处留有的伤痕。破碎的通运仓库，烧毁一半的公会礼堂建筑，不知什么用途的几座凄凉的铁塔，被传水葬了无数士兵和市民的脏河川，整天聚集着找不到工作的、失去家乡的人而乱哄哄的光秃秃的公园……在车站附近的老外市场胡同,大白天也频发杀人事件。在沙砾场小货摊上的,所有刺耳的方言像金钱蛙在开会。穿梭其间我总是充当胆小的观赏者。

因为光脚穿胶鞋,脚底又热又滑。我找阴凉处垫着擦鞋箱坐下,头晕目眩。空空的街道上,一只饥饿的狗伸长赤黄色的舌头气喘吁吁地走过。我闭上眼睛,关闭的视野一片火红,城市恰似过热的熔炉,感觉即将爆炸而发出嗡嗡的声音。

好像是打瞌睡了。当我睁开眼睛,首先映入眼帘的是一双军靴。我抬起了头。一个穿着短袖的年轻人骑在我这边的椅子上俯视着我。我立刻迅速地拿出垫在底下坐着的擦鞋箱。那是个失误。擦鞋箱被他踢出很远才停下来,装在里面的乱七八糟的东西掉到街道上狼狈地散落一地。

他说:

"乖乖捡回来!"

我照办了。他又命令:

"坐下!然后,把你的手伸出来。"

我一声不吭地伸出了右手。

"看样生意挺不错嘛。可我们手下的孩子只是不停地打着哈欠……"

他来回翻看我沾着鞋油的光滑的手掌。到那时也没有识破他的意图的我在之后的瞬间发出了哀号,因为手掌被重重地踩在大号皮靴底下。

"住口！小心我把它压扁。"

踩着我的手背，他冷冷地说道。

"说，谁让你在这儿揽活的？经过谁的许可了？以为这是你家院子吗？这是我的地盘，知道了吗？你个臭家伙。"

我什么也没能说，因为错误明显在我这边。这都是我一时间疏忽了我师傅的教训的结果。小瘸子每当在饭店前分手时，几乎都要把那一点强调一次，把那些概括一下就是：第一，绝对不要脱离我们常走的路线；第二，万不得已路过圣域时一定要从小胡同绕道等。

的确如此。在城市那些诸多的街道中，像我们这样的新手被允许涉足的地方是极其有限的，因为一旦脱离那里就想不到会遭受什么样的侮辱。更何况即使是被允许的区域内，也还有绝不可侵犯的圣域。例如，有名的茶座或公共建筑，人群拥挤的站前广场或长途汽车站一带等就是那样的地方，因为那里有收取昂贵地摊税的所谓的土地爷。我当然不知道他们的身份，但是至少知道他们并不是茶座老板或政府官员，或是运输公司的董事长，那天我见到的男人应该就是那些人物之一。

当然，我没有抵抗，但也没有求饶。他仍然用大号的军靴踩着我小小的手背说：

"说说看,想怎么办? 让我踩碎这只手以后再也不能做生意,还是?"

因为我知道他要求的是什么,就乖乖地掏出了当天挣的钱。他立刻把那个收起来,我的手这才可以从桎梏中逃脱,五个手指都被压瘪还血肿着。

"孩子啊。"

他从椅子上起来,然后亲切地拍着我肩膀安慰我。

"下次连人影都不要出现在这附近。真拜托你了,孩子。不是彼此都受罪的事吗?"

他真是以受罪的表情大摇大摆地穿过烈日下的马路。我收拾完,拎着并不能走遍世界的擦鞋箱站起来。手虽然很疼,但心里并不难受。

那天晚上,难得实现了我们的夜间打猎。落入陷阱的猎物虽然不是像大鼻子那样的巨物,不过也只是稍次于他。那次打猎空前成功,大体上,我们对结果感到十分满意。

十三 内部修理中

第一个告诉我强氏理发店的事的是京城人太吉。据说是那天白天发生的事件,在我扛着擦鞋箱徘徊在城市街道的时候。

那天生意还算不错,不仅凌晨的工作没有阻碍,而且白天里接的活也挺多。尽管我对收入不太关心,但心情还是很不错。

我走进木板村胡同是在薄暮初临的时候。焦炭和煤炭碎块以及锯末燃烧的味道弥漫在胡同里。但此时已是初秋时分,未消退的暑气也已经告一段落,夏天傍晚的空气很柔和。能看见一两个面熟的邻居,迈着略显疲惫的步伐回家。

太吉分明是在焦急地等我回来。正要拐向我们家方向的那一瞬间,我与从里面窜出来的太吉相撞了。一眼就能看出他激动得很。

"现在才回来吗？我刚从你家出来呢。"

跟有次一样，他气喘吁吁地因为没有头绪而慌里慌张。

"去我们家有什么事吗？"

"又出事了！就在强氏理发店里！"

他上气不接下气地吐出话来。

"我还以为是什么事呢……白白吓了一跳。"

我不以为然地回答。一定又是出现了新的挑战者，我这样想。但是那种事情对我没什么新鲜感，因为那些是像夜间打猎一样陈旧的话题。不顾他的兴奋，我很冷淡。就像掉进我们的圈套的猎物绝对没有不跪下求饶的一样，我们至今为止还没见过与姜先生对抗而没被打败的对手。我想结果自然不言自明，所以兴致索然地问道：

"这次是哪个家伙被打败了？"

"不仅仅是打败那么简单。"

他打寒战似的哆嗦一下消瘦的身子，用异常低沉的声音回答：

"死了。是真的……我分明看见了，没有希望。完全毁了。"

"真的？谁？"

我正色反问，

"谁说死了？该不会是说姜先生吧？"

"什么该不会。别吓着,就是姜先生死了,是强氏理发店的老板姜先生。"

"是姜先生?你说真的吗?看清楚了没有?是不是开玩笑呢?"

我这才紧张起来,反复问了好几次。但太吉绝不是在说谎。因为激动而身子战栗,他提议立即去现场看看。但是,我根本不敢相信那个事实。他说的居然是那个不可思议的人物,那个曾一度是我们偶像的姜先生被打垮的事情。我向强氏理发店跑去。

理发店一片黑暗,没有一个看热闹的,像早早结束营业关了门似的,连店里也没留下一个人。透过窗户能看见的只有黑暗中的器械而已。

但是我感到了某种使心里发凉的冷气,感觉夏天傍晚里柔和的空气像湿毛巾一样冷冷地缠上脖子。这时我才发现几个异常之处。大厅里的器械不再是平时的秩序,就像孩子们为了打扫教室卫生把书桌全都推到后墙靠在一起似的,统统堆在角落里。但并没有打扫过的痕迹。空空的水泥地上掉着一撮一撮来不及清扫的头发,有几块木板丢在那里。仅此而已,看不见东西被损坏的痕迹。

外面一点异常也没有,只是比平时早一点关了门,在门把手间隙里贴了一张纸条而已。我读了在手掌大小的马粪纸上的字:"内部修理中,暂停营业",一共九个字。我表情呆滞地转过身,某种冷气使全身起了鸡皮疙瘩。

那天,和每天的那个时候一样,大厅里除店员外没有其他人。姜先生习惯性地,把一把理发用椅子转向街道悠闲地坐在上面,向外看着阳光明媚的街道,也许就以那种姿势不知不觉睡着了。除了他之外的两个理发师和一个女剃须师正翻着报纸,听着从收音机里传出来的广播剧。

他们的休息被突如其来的入侵者打破。据说穿着还没到季的夹克衫的一群男人——太吉说足有五六个——闯入强氏理发店的时候刚过午饭时间。他们一进来就从里面锁上门。每个男人都从夹克里掏出一个方子。纹理粗糙的那些方子——据一个店员说,好像刚从木材厂锯出来的,散发着一股浓浓的松脂味。姜先生难以理解地表现出无力。尽管已经被占尽先机,但谁也没有预料到,不是别人而正是姜先生竟然那样无力地单方面遭受攻击。其中一个男人调高了收音机的音量。战争纪实类的广播剧正重演着激烈的战斗场面。各种枪声和战车的轰鸣声以及垂死挣扎的叫喊声响彻整个大厅,而就在那里正上演着残忍的暴力事件。

据说姜先生的脸色虽然像死者那样青色隐现,但嘴角上还残留着冷笑。男人们把屋里的器械统统堆到角落里,之后把姜先生从椅子上拉下来。他并没有抵抗,仿佛早已知道自己的处境一样保持安静。其中几个男人挡着街边的窗户站着,店员们被命令面向墙壁站着。战斗正在愈演愈烈。在各种枪声和坦克履带的轰鸣声以及轰炸机飞行的声音中,店员们的耳朵清晰地听着,听着最原始的暴力正在残忍进行的声音。

据说男人们撤走之后,和几个断开的方子一起被扔在水泥地上的只有根本没有挽回余地的姜先生。姜先生暂时先被送到医院,但不仅是我们,任凭谁也不指望他能起死回生。无法想象他像从前那样,用不可思议的招数打败敌人,夺回自己的王国。

在那之后,大约过了一周,理发店重新开业了。虽然之前贴着"内部修理中"的纸条,但几乎没有任何重新装修过的东西。要说变化,那仅仅是不知怎么见不到了女剃须师,还有店面的招牌换掉了。取代"姜氏理发店"的商号是"希望理发店"。女剃须师的位子立即被陌生的面孔取代,而且还是两个,还能见到新老板,黝黑的脸,穿着夹克,还穿着前端尖尖的皮鞋。

地理位置极好的理发店照样经营得很好。每当路过时,我都抬头看一眼写着"希望理发店"的店牌。但从那个名字中我感到的反而只是黑暗和空虚的挫败而已。我时常想起老郭的关于蚁后和兵蚁的理论。按照他的说法,只不过是蚁后换掉了一只兵蚁罢了。但是我怎么也理解不了这个世界怪诞而残忍的秩序。

十四 豆腐胚子和大哥们

　　并不只有我一个人因为姜先生的死受到冲击,那件事很明显地给我们所有人制造了不能化解的心结。我想,只不过是因为那个心结太大太深,所以不能自己明白过来而已。

　　我对我的工作比以前更没兴趣。要不是诚恳的朋友小瘸子每天清晨来叫醒我的话,恐怕我在很早之前就把没什么盼头的擦鞋箱——根本不能走遍世界的箱子——丢到一边去了。

　　孩子们对夜间打猎基本上失去了兴趣。虽然在惯性驱使下,或是出于那种仍然残存的饥渴,每晚仍聚集到铁道上,但已不是以前那样兴奋的表情。打猎并不容易达成,偶尔成功也只不过是泄愤的游戏而已。没有自愿要求当诱饵的家伙,而且还把好不容易圈到圈套里的猎物放掉。曾一度使我们那样痴迷的夜间打猎,现在感觉像没有用的东西。孩子们一排排坐在黑乎乎的铁道上动不动就嘟嚷着世上所有的事都无聊得很。大哥们也同样,也许,士气低落至此他们有一半责任。无论是一次不落地点名的热情,还是像指挥某种重要作战似的那股子认真劲,现在在他们身上已经找不到了。长时间以来迷住他们的热情已经懈怠,变质为特别没劲又卑劣的东西。由于不可理喻的忧郁症和神经质,我们常常被他们责罚。比如像太吉因为没有拿来香烟,就得像在他母亲那里遭遇的一样一件不剩地被扒个精光,还有他们骂一个小弟竟敢出口不逊,用穿皮鞋的大脚狠狠地踢他,等等。

我们对曾经那么信任和追随——也许比对爹娘更甚——的那些大哥们渐渐开始感到害怕,想尽量离他们远远的。即使那样每晚仍旧要到铁道上聚集,我们的心实在难以言明。哪怕误会重重,或者含义不甚明了,那恐怕就是因为饥渴。能温柔地拥抱着我们吃不饱穿不暖、受尽欺凌的幼小灵魂的某种东西——我们若能将其称之为"爱"的话,的确,那正是由于爱的缺乏导致的深不可测的饥渴。

在那种氛围之下大哥们开始谈论起我姐姐。或者,成为直接契机的原因也在于姐姐的朋友豆腐胚子。大哥们正坐在铁轨上咂吧着装在瓶子里的酒,那是由于打猎没能顺利进行而且夜也深了,大部分孩子们都已回去了。只有我和几个孩子留下来无聊地看着他们。

夏天好像已经结束了,夜里的风有点凉飕飕。大哥们点着的烟火在黑暗中忽明忽灭,不知为什么那个光亮感觉很温暖。但是那个立刻就熄灭了,只留下空虚的黑暗,还有他们哧哧的笑声而已。一个大哥正掏出自己的那个玩意儿淫秽地摆弄。从傍晚起控制着他们的忧郁因为浓重的醉意和摆弄,转而变成阴险暧昧的气氛。

"妈呀!"

忽然我们听到了短促的尖叫。抬起头看见了向黑暗中跑去的背影,是个女人。

"抓住她!"

那个摆弄小鸡鸡的大哥喊道,其他两个大哥跑上去追。我们立刻下意识地跟在大哥们身后,就在几步远的地方,她已经被抓住了。是姐姐的朋友豆腐胚子,在黑暗里我也一眼就能认出她。

"你找死啊? 探头探脑地乱瞅什么?"

摆弄小鸡鸡的大哥把破碎的酒瓶伸到她的面前。像马上就要把她的脸割破似的,他因为羞耻而颤抖。但是豆腐胚子却很坦然。多亏了经营豆腐作坊的父亲,也多亏了勤奋的哥哥们,她每天早晚吃昂贵的豆腐,因此有着豆腐一样丰腴的肉体和白皙的皮肤,所以早就被传为比起女性朋友拥有更多男性朋友的她毫不示弱,理直气壮地回嘴:

"我怎么了? 谁让你做出那下流样?"

"什么？这丫头简直！"

我们屏住了呼吸，仿佛看见她捂着满是血迹的脸悲号着倒下去的身影。但在摇晃的人却是大哥。在做出比破瓶子还要尖锐的决断的歧路上，他颤抖着。真是紧迫的瞬间。再也不能对夹在无法忍受的屈辱和巨大破灭的夹缝间的她置之不理。但这种迫切更令我们动弹不得。

打破平静的倒是她。

"别这么没出息，把这个拿开！"

她的声音低沉冰冷，是一个女人能够对一个男人吐出的最充满藐视的语调。

"别做那些不要脸的举动，表现得像个男子汉一点。"

瓶子发出刺耳的声音粉身碎骨。与此同时，我们看见男女两人抱成一团滚落到铁路边的杂草中。女人发出一两次轻声的尖叫，但立刻变得很安静。黑暗和静默遮蔽了一切。像木刻泥塑一般错愕着的其他大哥们这时才清醒了似的，突然哧哧地笑起来把我们赶走。

被赶出很远的我们还莫名其妙，向那个方向扔了一两次石头。大哥们哧哧的笑声再也没传过来。

十五 背　架

　　我对挣钱不太关心，父亲对钱也没表现出多么执着。但是我每天都扛着擦鞋箱出门，父亲也照例背着背架走出胡同，只是比起我为了勤快的朋友小瘸子要一大早就出门，父亲更懒惰而已。回家的时间当然也是父亲比我早，我回来时第一眼看到的几乎总是父亲的空背架。

　　那个背架不是由专门加工制作背架的木材做成的，而是砍断从木材厂买来的几条方子大略拼凑而成的，也就是说应该被称为"城市用背架"的那玩意像它的主人一样看起来就寒碜。我有几次看到过父亲背着它回来的身影，只在一边肩膀挂着背带，垂着头从狭长的胡同摇摇晃晃地走过来，根本没有一处不寒碜的。父亲的步子和耷拉的脖子，斜斜地悬挂在后背上晃荡的背架，被捏在毫无力气的指尖里的支棍拖拉着地，还有如同玩偶的木板房和狭长的胡同，等等——一切的一切都那么寒酸、别扭、可笑。我想根本没有一样是像样的，光是想象父亲以那种身影闲逛在城里的街道，或在市场街，或在车站附近的情形就能笑出声来。

父亲对挣钱全然不曾表现出热情，怕是也顺理成章。我们住在乡下时，父亲也并不怎么与背架亲近。偶尔背柴火的时候，父亲的树枝从来就只有别人的一半粗细而已，而且还动不动就往一边栽歪，看见的人都笑。他就以那么生疏的手艺，天天出门到这刻薄的城市街道去挣钱。

我想就算对挣钱特别执着，结果也会一样。因为，别说父亲生疏的手艺，单说凭借这么一个寒碜的背架能成为富人的传奇——至少在我们木板村——可从来没听说过。由于邻居中有不少是父亲的同道中人，我时常可以看到他们在背架拐子上挂着几条烂刀鱼，拖着醉醺醺的步子嗒嗒地回来，我明白那就是行了大运的日子。所以，像我父亲这样的人不去对背架抱太大期望，也许反而是明智的。

我没有忘记父亲在这陌生的城市里，在第一次尝试的烤豆沙饼生意中失败的事情。当时父亲还并不了解世界，不是一边用只会揉捏泥土的寒酸的手给二十四窟窿的饼铛上油，一边说了豪言壮语了吗？

"等着瞧吧。从现在起这个机器肯定会生产出很多纸币来的……"

父亲已经体会到在这刻薄的世界里，把装在别人兜里的钱捞到自己兜里是多么不容易。此时的背架并不比彼时的二十四窟窿的饼铛更为优秀,因此并不能因为父亲满不在乎地对待那个背架而横加指责。但是,问题在于越懒惰挣的钱就越少,而钱挣得越少人就会越懒惰。

　　父亲几乎每天晚上都去老金家。虽然在过去将近十年间都患有原爆症的那家主人已经离开人世,但生前那些有情有爱的伙伴们重新登门,同父亲一起时常出入老金家。旧货商老郭,或是崔班长那些人,这边加上我父亲,还有现在已经成为寡妇的老金夫人爽朗的声音,全都融在一起每次直到很晚也笑声不断,有时过了大半夜在胡同里的厢屋聚会才散。每当那样的夜里,眼眶凹陷的父亲回来后总是靠着木板墙坐着深深叹息。并不能说我一点也不理解父亲的绝望。但是由于很不乐意为他分忧,我便背过身去像虾一样弓着身子装睡。父亲钻进被窝也还是连连叹气,不时都发出呻吟,好不容易才入睡。

　　暑气消退时,好像一下子截断了一段乏味的白昼。感到白昼大大减短的一天,我走进我们胡同时发现父亲的背架不见了。屋子沉浸在黑暗之中,在对面胡同的厢屋里也没有传来男人们的声音。我觉得很反常。我又想,父亲为了从令他难以入眠的绝望中挣脱,也许再次对那寒碜的道具寄托了期望。我取消了夜间的外出,等待着父亲回来,恐怕这一点也是我的反常。我记起了很长时间不曾回忆的,与姐姐一起等待着父亲回家的无数个夜晚,不知为什么觉得心里空落落的,我被某种模糊又切实的情感操控了一阵子。

夜很深了,父亲才回来。但是没必要询问父亲的晚归有什么理由,那一点显而易见。父亲立刻把艰辛背回来的东西卸在屋里,令人惊讶的,那是各色各样的一捆捆布匹。父亲被汗水打湿的光滑的脸上,凝滞了厚重的,我一次也未曾见过的奇异的表情。我不敢抬头看他的脸。

"不要跟别人说。"

他以低沉的声音跟我说道,然后立刻去了老金家。不大一会儿他领来老金夫人和旧货商老郭,他们在布匹堆里抽几捆,抱着走了。

到半夜父亲也没回来。老金家也很平静。只有坠入深沉梦乡的邻居们的疲惫呼吸,透过木板墙清晰地传来。我像虾一样蜷缩成小小的一团努力想进入睡眠,但怎么也睡不着。那时,姐姐意外地来了。应当在朋友豆腐胚子家沉沉睡一觉的她,在深更半夜回到我们如同箱子的屋子。

姐姐对父亲的不在和陌生的东西诧异了一会儿,但分明是被更加强烈和切实的情感困住,或者,恐怕一眼就看穿了事态。与以往在深更半夜突然出现时一样,她默默地躺在我旁边,然后,背对着我把身子蜷得特别小,立刻开始无声地哭起来。是把所有悲伤只往心里燃烧的、幽深漫漫的哭泣。但是她那令人不快的味道并没有被抹去，就是那个生锈的枪械的味道。姐姐的哭泣持续了很长时间，但这次却没能洗去那个味道。

凌晨的时候，我才好不容易睡着，但睡得非常短。我马上又和所有的邻居们一起醒来，而且再也无法入睡。因为，隔了一层木板墙，从寡妇家的屋里传来轰然的吵架声。

"为什么不给？哪有男人能不管教连做爱都不给的老婆啊？"

"靠女人过日子的熊样，单单就想着那个，到死也要做成是吗？哎哟，要是那么想，闲得没事干的时候怎么不在墙上找个洞啊？你这没出息的！"

女婿和丈母娘在对骂，那个我曾经在凌晨的旅店街上遇见的清瘦又苍白的女人在凄惨地哭泣。

十七 犹大的时代

当小瘸子来找我时,我才记起我要做的一件事,就是把我的擦鞋箱敲碎。从一开始那个道具就对我毫无用处,大概我认为自己天天徒劳地扛着还不如父亲的背架有用的东西。

小瘸子孤独地站在湿漉漉的凌晨的空气中。白雾苍凉。

"喂,已经晚了。快点走。"

他声音沙哑,又说道,

"对不起,我不知不觉睡懒觉了。快点走吧。"

不久之前,他开始上营帐学校。那个学校是村子后面山坡上的基督教会——过去有段时间我们家都得到过恩惠的那个教会——创办的,据说是为了连避难学校也上不起的不幸的孩子们而运作的。他好像认真地上着据说利用晚上几个小时教授小学高年级课程和圣经的营帐学校。很明显,对身体也不健全的他来说是过度了,日渐积累着疲劳。那也是一定的了。宵禁一解除就来叫醒我的事一点一点拖延了，而且在凌晨工作时他也经常禁不住打哈欠。

　　在晨光里站着的小瘸子，身影看上去更加疲劳，所以感觉他残疾的腿也更加虚弱。我当然没有说出我的决定，因为不管怎样他是我的搭档，也是亲切的师傅。我开始推说身体不舒服，但由于他的表情变得太过于黯淡，我又改口说有要紧事。然后，答应晚上再去找他仔细说明。他无奈地心事重重地转身，但是脚步十分无力。他在湿漉漉的晨雾弥漫的狭长的胡同里，一瘸一拐地渐渐远去。

　　我以和小瘸子一样无力的姿势转过身。这时感到胸口的一端湿漉漉地浸湿，我决定一定要遵守刚才跟他说的假约定。

　　那时早晨的阳光透过手掌大小的纸窗洞，明亮了我们如同箱子的屋里。豆腐胚子来接那时还像虾米一样蜷成小小一团躺着一动不动的姐姐。姐姐二话没说就出屋了。好像在深更半夜把她赶出家门，又使她发出幽深漫漫哭泣的、未明的悲伤也消失得干干净净。我听她们在门外窃窃私语了一阵，然后不约而同地哧哧笑了。她们立刻消失在胡同外。

　　只剩下我一个的时候，我把决定的事给办了。那是非常容易又痛快的事。我把擦鞋箱拿出来放在灶台底下，用锤子敲成碎块，连放在里边的杂七杂八的小道具也没有一个完好地留下来。当我把碎块扫进垃圾桶，转身看见了寒碜的背架。我连那个也想敲碎，最后拍手作罢，因为那是父亲的道具。

父亲忙活了一整天，领着老金夫人和旧货商老郭不断进出我们家。傍晚的时候，我们屋里连一捆布匹也没留下来。

黑暗弥漫木板村胡同的时候，我出门了。从老金家的屋里与往常一样爆发出乱哄哄的笑声来，是老金夫人和旧货商老郭以及崔班长，还有父亲的笑声。其中，父亲的笑声最大最空虚。我突然记起了，我们住在乡下的时候就那样。当父亲在邻居家厢屋里发出那种笑声的时候，据说连走过胡同外的人也知道笑声的主人是谁。但是，现在那个笑声再也不能引起我的共鸣。

姐姐正在工作。在令人窒息的水汽弥漫的豆腐坊里面，豆腐胚子的四个哥哥也在专心推着石磨。虽然姐姐的脸被汗水湿透，但看上去比其他任何时候都明亮照人。她重新变得幸福了，我这么想着，在只有一条腿、不断地散发着生锈的枪械味道的男人身边。

去山坡上的营帐学校找小瘸子是我在那可笑的城市里，在那像玩偶一样的村子里所做的最后停留。两个破旧的军用帐篷和一个简陋的钟楼便是那个基督教会的全部，埋没在黑暗和夜风之中。我向挂着"千友圣经俱乐部"招牌的营帐走近,看见十多个孩子坐在地上,大部分是面熟的,木板村胡同里的孩子。在他们之间,能看见小瘸子的背影,也能看见据说是父亲装在白布袋里越过三八线带来的那个少女的侧影。小瘸子正在打盹,少女则歪着惨白的脸沉思着什么。

老师,是村里所有人都非常熟悉的车牧师,就是对我母亲说像求山神奶奶那样做祷告,我们一家就能重聚在一个屋檐下生活的那个牧师。但是我母亲的愿望最终也没有实现。

"上帝的话没有谎言,只是未到救赎之时……"

大概是学习圣经的课,他翻开圣经开始读,

"到了晚上,耶稣和十二个门徒坐席。正吃的时候,耶稣说,我实话告诉你们,你们中有一个人要出卖我了——这是记录在马太福音二十六章二十节到二十一节的话语。耶稣对那些来拿他的大祭司长、守殿军官和长老们说,你们带着刀剑棍棒出来拿我,如同拿强盗吗?我天天同你们在殿里,你们不下手拿我。现在却是你们的时代,黑暗掌权了——阿门。这又是记录在路加福音第二十二章五十二节到五十三节的话语。因此现在是你们,即犹大的时代、黑暗掌权的时代而已……"

我放弃了与朋友小瘸子的约定,转身离去。黑暗将我重重席卷。我把两只手深深插进裤兜,低着头离开营帐学校时,突然脑海中浮现出我上过的乡下小学。靠南面的窗户第二排第六个座位——我努力想记起我在那里留下的痕迹。

图书在版编目(CIP)数据

玩偶之城/(韩)李东河著;许莲花译. —杭州:浙江大学出版社,
2013.7

ISBN 978-7-308-11771-5

Ⅰ.①玩… Ⅱ.①李… ②许… Ⅲ.①中篇小说—小说集—韩
国—现代 Ⅳ.①I312.645

中国版本图书馆 CIP 数据核字(2013)第 141984 号

Copyright ⓒ2009 by Dong-ha Lee
All rights reserved.
First published in Korea by Moonji Publishing Co. Ltd.
This simplified Chinese language edition is published by
arrangement with KL Management,Seoul
浙江省版权局著作权合同登记图字:11-2013-125 号

玩偶之城

〔韩〕李东河 著

许莲花 译

丛书策划	张 琛	
责任编辑	陈丽勋	
出版发行	浙江大学出版社	
	(杭州市天目山路 148 号 邮政编码 310007)	
	(网址:http://www.zjupress.com)	
排 版	杭州林智广告有限公司	
印 刷	杭州日报报业集团盛元印务有限公司	
开 本	850mm×1168mm 1/32	
印 张	8.125	
字 数	136 千	
版 印 次	2013 年 7 月第 1 版 2013 年 7 月第 1 次印刷	
书 号	ISBN 978-7-308-11771-5	
定 价	26.00 元	